ÉTONNANTiss!mes

ALAIN MONNIER

Bas les masques !

Flammarion

Du même auteur

Signé Parpot, Climats, 1994 ; Pocket, 2000.
Un amour de Parpot, Climats, 1996 ; Pocket, 2000.
Côté jardin, Climats, 1998 ; Pocket, 2002.
Les Ombres d'Hannah, Climats, 1999 ; Pocket, 2002.
L'Insoluble Problème de la présence sur Terre, Climats, 2000.
Survivance. Les Fargier (1895-2060), Climats, 2002.
Parpot le bienheureux, Climats, 2004 ; Pocket, 2006.
Givrée, Flammarion, 2006 ; J'ai Lu, 2009.
Notre Seconde Vie, Flammarion, 2007.
Rivesaltes. Un camp en France, La Louve éditions, 2008.
Je vous raconterai, Flammarion, 2009.
Place de la Trinité, Flammarion, 2012.
Tout va pour le mieux !, Flammarion, coll. « Étonnantissimes », 2012.
Le Petit Monde de Barthélémy Parpot, J'ai Lu, 2015.
À votre santé Monsieur Parpot !, Flammarion, 2015.
L'Esprit des lieux, Climats, 2019.

Illustrations d'Isabelle Maroger.

« Étonnantissimes », une série de la collection « Étonnants Classiques »
ISBN : 978-2-0814-5192-6

Bas les masques !

PREMIÈRE PARTIE

L'installation

Chapitre 1

Où il est question de ce que l'on va faire l'an prochain

La terrasse du Bar des Égalités est pleine de filles. Il fait chaud, la journée a été caniculaire, les brumisateurs sont à fond. Chloé Radiguet a invité une dizaine de ses copines. Elles occupent un coin ombragé, toutes ont un verre de jus de fruit bio ou un thé vert à la main et célèbrent le succès de Chloé qui vient, à vingt-cinq ans, d'obtenir une licence en développement durable. Elle avait déjà à son actif un BTS d'agriculture raisonnée, un stage dans une ONG sénégalaise, un autre dans une association de promotion de l'économie solidaire et des années de militantisme chez les écolos. Bref, malgré sa petite bouille de brune innocente et ses grands yeux verts toujours étonnés, Chloé est une jeune fille engagée pour la planète, pour la solidarité, pour le développement soutenable et toutes ces choses qui exigent du courage et de la force physique, du moins quand on veut les mettre en pratique. Chloé n'est pas fluette, ce n'est pas une jeune fille des villes, maquillée, talons hauts, iPhone dans une main et sac Vuitton dans l'autre, mais plutôt une fille des champs avec de beaux muscles, des épaules larges, des cuisses de sprinter. Des atouts assez visibles pour que les frustrés ne lui soufflent pas d'insultes sexistes quand elle traverse les rues de Belleville.

L'ambiance dans le bar est chaleureuse, les discussions vont bon train. Les toasts se succèdent, Chloé se fend de quelques discours mais se referme très vite quand on lui demande ce qu'elle va faire l'an prochain… « On verra plus tard, pour l'instant on profite ! » répond-elle en adressant un discret clin d'œil à Célia. Tout le monde trouve ça normal. La tyrannie de l'après, du projet permanent, agace. Ce qui est sûr, c'est que Chloé ne va pas se réfugier dans une chambre d'agriculture ou un conseil départemental, à donner des conseils et à prôner des actions qu'on se garde bien de soi-même entreprendre. Chloé est décidée à faire ce en quoi elle croit et à croire en ce qu'elle va faire ! Mais elle estime que ce n'est pas le moment d'en parler, elle préfère danser des salsas endiablées. Ses amies la suivent, ainsi qu'un groupe de garçons qui à l'autre bout de la terrasse semblent fêter le « coming out » réussi de l'un d'eux. Les deux groupes dansent au même rythme mais ne se mélangent pas. Chacun chez soi et les cochons seront bien gardés, dit un proverbe fermier.

Plus tard, dans la soirée, quand les corps en sueur se retirent de la piste de danse, Chloé ne peut esquiver son amie d'enfance.

« Tu peux bien me le dire à moi ce que tu vas faire l'an prochain… Tu sais bien que je suis muette comme une carpe.

– Muette comme une carpe, je n'aurais pas dit ça…

– Allez, lâche l'info… »

Chloé sourit, il est tard, de toute façon ça se saura et elle aura besoin du soutien de toutes ses amies.

« J'ai décidé de reprendre, dit-elle d'une voix grave après une profonde inspiration destinée à faire durer le suspens, j'ai décidé de reprendre la ferme de mon grand-père qui est presque à l'abandon…

– Wahou ! T'es sûre de ça ? Tu vas le faire seule ? Elle est où ?

– Près de Pondeville, à Miredon…

– C'est pas là qu'est née Jeanne d'Arc ?

– Non ! Jeanne d'Arc c'est Domrémy, moi c'est juste Miredon, et à Miredon personne n'a jamais entendu de voix.

– Célia va venir avec toi ?

– Je ne sais pas. Elle n'a pas encore décidé… »

Chloé laisse échapper un petit sourire triste mais se ressaisit vite :

« La ferme est quasiment en jachère, mon grand-père vit seul, il a quatre-vingt-cinq ans, ses épaules et ses genoux sont bourrés d'arthrose. Son tracteur est en panne depuis douze ans avec une pompe à eau qui n'arrive pas… et un garagiste qui est depuis longtemps parti à la retraite.

– Et tu vas tout remonter ?

– Oui … » répond Chloé en souriant.

Son amie ne pose plus de question, elle en sait assez, elle trépigne d'envie d'aller tout raconter à la cantonade.

« Tu veux savoir comment est la terre ? glisse Chloé, perfide.

– Oui, répond poliment son amie sans cacher son peu de curiosité pour les affaires agricoles et son agacement naissant.

– Je vais tout te dire… surtout que tu es muette comme une carpe. »

L'autre lève les yeux au ciel, mais ne peut décemment pas s'échapper. Chloé en profite et ne lui épargne rien. La ferme a dix-huit hectares de terre arable, avec un bois à flanc de coteau qui surplombe la bâtisse de pierre blanche. Dans le bas de la combe, il y a des cultures céréalières sur des territoires peu étendus.

« On n'est pas dans la Beauce, si tu vois ce que je veux dire… confie Chloé avec un air complice qui exaspère la citadine.

– Bien sûr…

– Ça me gêne un peu parce que moi je vais faire du bio… mais on ne peut pas tout avoir, j'ai déjà de la chance de pouvoir démarrer immédiatement, vu que les terres sont à l'abandon depuis cinq ans… En revanche, va falloir les remettre en état. D'ailleurs tu es la bienvenue pour des week-ends coup de main. »

Mais si la carpe est célèbre pour être muette, rien n'indique qu'elle soit travailleuse et l'amie décide pour le coup de se défiler sans chercher à sauver les apparences. Juste une petite envie de danser qui l'a reprise ! Chloé la regarde avec indulgence, elle vient de s'épargner des minutes pénibles à rédiger sur Facebook, Instagram et consorts… Il est des réseaux sociaux bien plus faciles à mobiliser.

Chapitre 2

L'arrivée à la ferme

Le village de Miredon est isolé et peu étendu. Outre l'église et la mairie, il s'enorgueillit d'un bar-tabac qui fait également épicerie, dépôt de pain, point de livraison UPS et PMU. La première station d'essence est à quinze kilomètres, dans le centre commercial le plus proche. Miredon compte 257 habitants, dont quelques anciens rassemblés dans les deux rues principales et autour de la place, des nouveaux venus dans le quartier neuf des pavillons – en général des jeunes qui travaillent en ville et se mêlent assez peu à la vie locale – et enfin des immigrés relogés dans les HLM aux côtés de familles en difficulté venues de la ville voisine.

La ferme du grand-père de Chloé est à l'extérieur du village, à moins d'un kilomètre au nord, au lieu-dit de La Fage, dans le bas d'un coteau boisé. Les dix-huit hectares cultivables s'étendent à ses pieds : de la fenêtre de la salle à manger, on peut voir jusqu'au dernier centiare de la propriété. La ferme elle-même est composée de trois corps de bâtiment : l'habitation en pierre blanche au toit pointu, une étable où nichent souris, loirs et hirondelles, et une sorte de grand hangar qui sert de rangement et de stockage et où se trouve le défunt tracteur, un Massey Fergusson au rouge passé, couvert de toiles d'araignées.

C'est dans cet endroit à l'abandon que Chloé débarque le mardi 21 mars dans sa vieille Twingo bourrée de valises et de cartons. En fait, pas grand-chose si l'on considère que tout ce barda représente vingt-cinq ans de vie. Il fait beau, le grand-père est assis sur le banc à côté de la porte, appuyé sur sa canne. Il regarde sa petite-fille porter ses affaires dans la chambre du fond, la plus fraîche, avec un sourire de contentement et un regard dubitatif. Il a tout de suite accepté la demande de Chloé qui, dans une lettre longue de cinq pages, lui avait expliqué son projet sans omettre de détails. On aurait dit un PowerPoint à la mode des lettrés d'aujourd'hui avec des mots en gras soulignés, des alinéas, des sous-titres, bref un bon devoir que le vieux n'avait pas pris la peine de lire jusqu'au bout. Que sa petite-fille préférée veuille reprendre la ferme le rend joyeux, simplement joyeux, car il est arrivé à l'âge où l'on accepte le sort, l'inéluctable, sans s'inquiéter des problèmes à venir, vu que l'avenir, on n'est pas sûr de le voir. Chloé veut s'installer ? Qu'elle s'installe et fasse ce que bon lui semble. Il n'est plus à ressasser comme autrefois, durant des insomnies sans fin, les aléas insurmontables tels que la grêle, les gelées tardives, les dettes associées, les lettres des huissiers et les jours sans pain. À quatre-vingt-cinq ans, le grand-père a pris du recul, il regarde le jour se lever et la nuit tomber, et c'est un spectacle qui suffit à son bonheur. Il dispose d'une maigre pension qui lui permet de manger à sa faim et de se chauffer, et d'assez d'habits pour finir ses jours. Il s'est depuis longtemps coupé des informations du monde. Une première fois quand sa télévision est tombée en panne et qu'il n'a pas cherché à la faire réparer, une deuxième fois quand il a décidé de laisser sa radio sur France Musique qu'il met en marche les jours de grisaille et de pluie.

L'installation est rapide. Quelques coups de balai, la fenêtre grande ouverte pour aérer, une paire de draps blancs tirés de l'armoire, une couverture de laine, une deuxième tricotée à la main par la grand-mère depuis longtemps disparue, et le tour est joué, Chloé a remis en place la chambre où, petite, elle passait ses vacances.

Elle peut enfin venir s'asseoir à côté du grand-père qui n'a pas bougé durant tout le déménagement.

« Tu veux un café ? demande Chloé.

– Jamais l'après-midi… mais tu as tout ce qu'il faut dans la cuisine. »

Chloé regarde et trouve la chaussette pleine de marc de café. Elle n'espérait pas une machine moderne mais tout de même peut-être une cafetière italienne. Elle ne dit mot, rince la chaussette, la remplit de café moulu et verse l'eau chaude par petites rasades. Comme quand elle était petite et que sa grand-mère lui laissait passer le café. L'émotion la saisit.

« Je te ferai les petits plats que te faisait Mamie… dit-elle en savourant l'odeur qui monte de la cafetière en tôle.

– Les couennes aux haricots ? Tu sais faire ça ?

– Je n'ai rien oublié.

– Et le riz au lait aussi ?

– Mais oui… Et pour la ferme, tu m'aideras ?

– Mais je ne peux plus rien faire, dit le vieil homme.

– Je n'ai pas besoin de bras mais de bons conseils… Des petits trucs, ceux qu'en général on ne dit pas aux autres… »

Le grand-père rigole, il voit de quoi elle parle, des trucs pour conserver la charcuterie, pour saler les jambons, pour faire pondre les poules, pour tailler les arbres, pour chasser l'herbe, pour lire le ciel…

« Je te dirai tout ce que je n'ai pas oublié… mais je ne suis plus très sûr.

– On va relancer tout ça… Je suis sûre que tout va te revenir !

– Oui sans doute… mais ce ne sera pas toujours facile.

– Qu'est-ce que tu veux dire ?

– Qu'il y a les gens et que les gens c'est les gens… »

Chloé le regarde sans comprendre mais ne pose pas de question. De toute façon leur conversation est interrompue par une voiture bleue qui arrive à vive allure et freine dans la cour. Un homme en sort et s'avance vers eux.

« C'est M. le maire », dit le grand-père.

Chloé le reconnaît, c'est le même depuis vingt ans. Il passe deux fois par semaine voir comment se porte le vieux, s'il n'y a pas de problème, enfin des choses toutes simples que les gens simples d'autrefois faisaient machinalement sans le clamer haut et fort. Le maire est étonné de voir la petite, et stupéfait quand elle lui annonce qu'elle va rester vivre là, puis franchement bouleversé quand elle lui lâche qu'elle veut remonter la ferme. Mais quand elle ajoute qu'elle compte aussi remonter le village, il perd pied.

« Là, je ne comprends pas. Qu'est-ce que tu veux faire exactement ? » demande-t-il avec sa bonhomie habituelle.

M. le maire a une soixantaine d'années, il est chauve avec une casquette à carreaux qu'il ne quitte jamais, un réel embonpoint, des yeux malicieux. Il est agriculteur, il exploite les champs de céréales en contrebas de la ferme du grand-père. Il est couvert de dettes, le matériel et les produits phytosanitaires coûtent cher. Il est l'esclave de Monsanto et Bayer à qui il verse des intérêts colossaux. Mais c'est comme ça, a-t-il l'habitude de dire pour échapper au piège dans lequel il s'est fourré. « C'est comme ça » est une façon de faire allégeance à la fatalité, de courber l'échine, de ne pas se rebeller, de ne plus penser qu'une autre vie est possible. D'ailleurs, quand Chloé commence à lui expliquer son projet, très vite il décroche. Il n'a même pas la force de chercher s'il n'y a pas une lueur d'espoir à aller y pêcher. Quand Chloé termine en lui disant avec une candeur touchante : « J'aurais besoin de votre aide pour démarrer », il ne sait que répondre. Un ange passe.

« Fais-la venir au conseil municipal pour leur expliquer tout ça, lui souffle le grand-père avec un air malicieux.

– Pourquoi pas ? Ouais, c'est une bonne idée… »

Le maire est un bon bougre. Il finit par se dire qu'il y a peut-être un truc intéressant dans tout ce charabia… Un truc qu'il ne comprend pas, un truc de jeune. Lui aussi quand il était jeune, il avait des idées. Enfin peut-être, il n'en est pas si sûr que ça, mais ça lui plaît de le croire. Après tout, la petite Chloé est de son temps, et lui n'est pas plus avancé à ressasser tout ce qui ne marche pas. Il pense que l'avenir appartient aux jeunes, et des jeunes à Miredon, il n'y en a pas.

Chapitre 3

Que le chemin est long du projet à la chose !

Chloé, on l'a dit, n'est pas du genre à se contenter de peu. Quand elle se lance, c'est en grand. Il ne s'agit pas pour elle de monter une ferme pour vivre tranquillement de ses revenus, mais bien de changer la vie des gens du village, de donner de l'entrain, de la joie, de créer des solidarités, bref de faire advenir la société merveilleuse que tout le monde désire ardemment mais que personne ne veut vraiment. Parce que si tout le monde la voulait, cette société existerait depuis longtemps. À moins que le vrai problème ne soit que chacun a une utopie qui ne correspond pas tout à fait à celle du voisin.

Le projet de Chloé est simple mais vaste. Très vaste.

« Tu pourrais m'expliquer un peu mieux ce que tu veux faire ? lui demande le grand-père d'un ton bonasse.

– Bien sûr », réplique Chloé toute contente.

Elle apporte les desserts et commence à raconter avec ferveur son beau projet.

Au début, il s'agit de planter deux hectares de légumes saisonniers, carottes, choux, salades, artichauts, patates… tout ce qui voudra bien pousser et se vendre dans les magasins de proximité. Un cercle de trente kilomètres a été tracé autour de la ferme ; dans cette zone, elle ira démarcher tous les commerçants, c'est dit. Elle exploitera la rangée de cerisiers qui borde le champ près de l'étang : c'est long à ramasser mais ça se vend cher, et c'est facile à entretenir. Elle plantera un demi-hectare de noisetiers, parce que les noisettes bio coûtent un bras et que ça devrait bien pousser dans le pays. Le grand-père dit souvent « pourquoi pas », ce qui est une façon de masquer son étonnement et son incrédulité, mais il ne veut pas désespérer la petite. Elle va aussi remettre en service les ruches qui sont au-dessus du bois – le grand-père, qui adore l'apiculture, en est ragaillardi et promet son aide. Oui, il le fera avec elle, ce n'est pas trop fatigant les abeilles et il a le matériel nécessaire dans le hangar. Ce n'est évidemment pas tout. Chloé élèvera des poules, cinquante-deux exactement. « Pourquoi cinquante-deux ? » est une question que le grand-père évite de poser pour ne pas paraître suspicieux. Il y aura aussi deux cochons, deux vaches et un cheval… Peut-être une chèvre, elle hésite. Elle aurait aussi aimé avoir un âne mais ce ne serait pas viable.

« L'idée, c'est l'autonomie parfaite ! lâche Chloé en conclusion de sa longue explication.

– C’est bien…

– Et même plus !

– C’est-à-dire ? demande le grand-père soudain perplexe.

– On va faire de l’économie solidaire circulaire… De l’économie verte, de l’économie de l’usage et de la décroissance.

– Ah, dit l’aïeul maintenant décontenancé. Et ça rapporte bien ?

– Ça rapporte tout juste de quoi vivre… mais ça va aussi permettre aux voisins et aux villageois d’améliorer leur revenu…

– Ils vont être contents !

– Mais ils auront aussi des contreparties…

– Hou là, je les connais, ça va moins leur plaire…

– C’est un projet pour tous, qui doit être partagé par tous…

– Bien sûr, bien sûr, murmure le vieux. C’est quoi au juste ton truc circulaire solidaire tralalère ?

– C’est produire en privilégiant les rapports humains et en respectant l’environnement. Ce n’est pas le profit qui est important mais les relations humaines et le bien-être de tous.

– Ah oui ?

– Les bénéfices ne doivent pas servir à enrichir des personnes, ils doivent être réinvestis pour développer les activités et améliorer les conditions de travail.

– Et c’est circulaire ça ? s’étonne le grand-père.

– On économise les ressources et on réemploie tous les déchets… Le cheval mange l'herbe, on récupère le fumier pour faire pousser les légumes, on évite les engrais, les épluchures vont aux cochons, les vaches nettoient le bois et donnent le lait, on limite les déplacements, on récupère l'eau de pluie, on monte une éolienne, on répare les outils…

– C'est un peu ce qu'on faisait avant… Mais c'est du boulot !

– Oui, du boulot pour tout le monde… On va surtout servir d'exemple.

– C'est ambitieux.

– Ben non ! dit Chloé avec enthousiasme. Les gens vont être contents d'entrer dans une économie réparatrice, à la sobriété heureuse…

– Espérons », dit le grand-père.

Il sait que la sobriété n'est pas le point fort du pays.

Chapitre 4

La réunion du conseil municipal

Le conseil municipal compte plusieurs absents pour cause de grippe, de labours urgents, de voyage de la chorale et d'autres raisons plus ou moins farfelues. Ils sont cinq sur les onze requis, mais le maire et le maire-adjoint sont bien présents, c'est le plus important. Les trois autres n'ont pas l'air très futés, mais c'est comme ça. À ceux qui souvent s'en plaignent, le maire ne manque jamais de rétorquer : « Les plus capables ne veulent jamais se présenter aux élections, ils préfèrent râler contre les abrutis qui y sont… Mais comme je le dis au toubib, si tu t'étais présenté avec moi, je n'aurais pas été obligé de prendre le débile de la ferme des Mandrous. »

Enfin le conseil municipal se tient, les absents ont donné des pouvoirs, et la démocratie peut fonctionner !

Après avoir traité les affaires courantes, le maire présente Chloé et dit quelques mots sur le village qui n'est certes pas un phare de la modernité mais qui a des atouts à faire valoir. Il ne précise pas lesquels. C'est au tour de Chloé. Elle se redresse, se racle la gorge et serre les papiers qu'elle a entre les mains. Comme elle l'a fait quelques jours plus tôt avec son grand-père, elle se lance dans les grands mots, économie verte, économie circulaire, économie machin qui laissent le conseil de marbre. Elle sent la gêne et se décide à donner des exemples concrets pour essayer d'accrocher son auditoire.

Elle va planter des carottes. « Les carottes, ça marche pas ! » dit un vieux avec un pull violet. Elle va planter des salades, des laitues qui se vendent bien en ville. « Les salades, ça marche mal ! » dit celui avec le nez en truffe. Elle parle des vaches de race écossaise pour débroussailler les bois au-dessus de la ferme. « Ça on n'a pas essayé », dit un jeune au double menton. « Et on n'a pas envie ! » ajoute Pull-violet. « À quoi ça sert de débroussailler les bois ? » demande l'adjoint au maire. Chloé ne relève pas, elle se contente de sourire aux uns et aux autres. Seule l'idée des deux cochons n'a soulevé aucune remarque désobligeante, car même l'histoire du cheval pour labourer et livrer a amené son lot de sarcasmes. « Y a que les ploucs qui ont des chevaux ! » a affirmé Double-menton. Chloé laisse tomber les exemples, qui font réagir sans emporter l'adhésion du conseil. Elle en vient aux demandes. Elle aurait besoin, pour démarrer, qu'on lui prête le hangar désaffecté qui est à l'entrée du village, au bord de la route, pour y vendre deux fois par semaine les légumes de sa ferme. Et aussi la porcherie inutilisée des Conquets qui jouxte sa propriété, en attendant qu'elle ait remonté la sienne qui est en piteux état. Et aussi de laisser brouter son cheval et peut-être sa chèvre dans les prés en jachère et les bois du village. Les conseillers municipaux se regardent, un peu gênés, indécis comme il se doit. La décision n'est pas leur point fort, sinon la décision à l'emporte-pièce sans réfléchir, mais là devant tout le monde avec cette fille qui a des mots qu'ils ne connaissent pas, c'est plus délicat. Chloé profite du silence pour enchaîner avec un « Bien évidemment, en contrepartie de tout cela, je… » qui fait dresser les têtes et les oreilles. En contrepartie, elle fera travailler les gens du village qu'elle paiera avec de la nourriture. Double-menton fait la moue. Pas sûr que ça marche, parce que le travail, tout ça, oui bien sûr, mais enfin ça n'intéresse pas tout le monde. Vous savez, ajoute le maire, les gens d'ici, le travail c'est pas vraiment leur métier. Chloé poursuit : elle donnera les surplus de production aux gens du village. Aux nécessiteux ? demande Nez-en-truffe. Non, à tout le monde sans distinction, réplique Chloé. Le conseil municipal hoche unanimement la tête de satisfaction.

« Le village aide ma ferme et ma ferme aide le village, lance-t-elle avec un ton de candidat aux élections cantonales.

– Bravo ! disent en chœur les conseillers.

– On est dans un processus gagnant-gagnant ! » poursuit-elle, soudain prise d'euphorie.

Euphorie vite douchée par les regards méfiants.

« Gagnant-gagnant, ça veut dire que tout le monde gagne ! Les villageois qui auront des carottes gratuites, la commune qui aura des bois propres propices aux promenades dominicales, et moi qui pourrai démarrer mon activité… Tout le monde gagne et personne ne perd.

– C'est pas comme au loto », se croit obligé de préciser Double-menton.

Tout le monde sourit. Un vent d'optimisme souffle dans la pièce, et secoue les toiles d'araignées. Ça fait longtemps que cela n'était pas arrivé.

« Et je vais vous faire un autre cadeau pour sceller notre collaboration.

– Ah ? dit le maire intrigué.

– J'ai remarqué que le village n'avait pas de site Internet… et je me propose de vous en faire un puisque j'ai appris à me débrouiller avec ces choses durant mes études. Bien sûr, c'est vous qui déciderez ce qui doit être mis en ligne… Cela aussi contribuera à mettre Miredon en route vers le monde moderne, mais vers un monde moderne maîtrisé, généreux, préoccupé par le bonheur de ses habitants. »

Les applaudissements éclatent. Tout le monde approuve. Chloé demande l'accord officiel du conseil qui sera consigné dans le compte rendu. Tout le monde dit oui. Seul l'adjoint au maire freine et dit qu'il faut être prudent avec le nettoyage des bois par les chèvres.

« Pourquoi ? demande Chloé.

– Il faut y réfléchir encore un peu…

– C’est pourtant la première étape de mon schéma circulaire… Il me faut cet accord pour démarrer le cercle vertueux. Certes, je vais commencer par les bois de mon grand-père mais ensuite les bois communaux seront indispensables… »

Le schéma circulaire laisse sans voix. « Oui, oui… » finissent-ils par dire car il est huit heures et la soupe attend. Donc le conseil est levé. On se serre la main, on se tape l'épaule, Chloé a un large sourire, elle est contente, même si elle a la vague sensation qu’ils n’ont rien compris. Elle s’en ouvre d’ailleurs à son grand-père dès son retour à la ferme.

« Ça, pour rien comprendre, tu peux leur faire confiance ! » bougonne le grand-père, par ailleurs ravi de la soupe aux choux que la petite lui a préparée.

À croire que sa femme est ressuscitée.

Chapitre 5

Le calme avant la tempête

La rumeur se répand et déforme les nouvelles. C'est normal. Au premier verre de blanc, on parle de la petite-fille qui reprend la ferme de La Fage, au troisième verre d'une économie de marché triangulaire et sobre, ce qui jette le doute et l'envie d'un quatrième verre pour y voir plus clair. Au cinquième, il est question d'un consortium qui veut imposer sa loi au pays, au septième il n'y a plus de souvenirs distincts. Il est cependant des perfides moins alcoolisés pour interpeller l'adjoint au maire, qui n'y tenant plus va trouver le maire :

« Dis, il y en a qui disent au village que la petite, elle va finir par te piquer la place avec ses idées à la noix.

– Elle va rien me piquer du tout. Je te rappelle que je suis là parce que personne ne veut prendre la relève…

– Mais…

– Alors si la petite veut la place, je la lui donne demain !

– Mais enfin il vaut mieux que la mairie soit tenue par des anciens comme nous que par une petite morveuse qui a encore du lait dans les narines.

– Je sais pas… »

L'adjoint soupire. Il a pris goût à la fonction depuis quelque temps, il aime bien quand les gens viennent le trouver et lui servent poliment du « M. le maire-adjoint ». Ce n'est pas qu'il se voie prendre la place du maire, il y a trop de responsabilités et d'ennuis à la clé, mais la tentation d'être caressé par du « M. le maire » commence à cheminer en lui.

« De toute façon, poursuit l'adjoint, le bonheur des villageois et la modernité, c'est bien ce qu'on fait depuis longtemps !

« À peu près… » répond le maire avec un air dubitatif.

Du côté de la ferme de La Fage, tout va bien. Chloé aime sa nouvelle vie, et le grand-père a repris des forces. Est-ce par la magie des bonnes soupes et des fricots de Chloé ? Il n'empêche qu'il recommence à sortir avec sa canne, et qu'il pousse même jusqu'au bar-tabac où les anciens sont contents de le revoir. Lui s'en fiche, mais il fait comme s'il était content. Il dresse surtout l'oreille, se fait oublier, et capte l'ambiance du village, parce que s'il y a un truc que sa petite-fille ne sait pas faire, malgré ses diplômes et ses discours sur l'économie, c'est bien de sentir la température du village, ses humeurs et ses nœuds… Et flairer les gens, c'est indispensable pour vivre ici. Les experts diraient qu'il est nécessaire d'appréhender son écosystème pour adapter son logiciel aux contraintes. Le grand-père dit plus simplement qu'il faut savoir ce que tous ces abrutis ont dans la tête si on veut essayer de les contenir.

Ainsi s'est mise en place, au fil des jours, sans aucun plan stratégique ni agenda pour organiser le quotidien, une discrète répartition des rôles : Chloé fonce, donne de la vie et de l'entrain, quand le grand-père écoute, observe, indique des savoir-faire rudimentaires, complimente et se garde de toute ingérence. Chloé est heureuse parce que son affaire se met en place et qu'elle se sent enfin utile, notamment à son grand-père qui sent remonter en lui une ardeur de jeune homme, des envies de bagarre, le besoin de réussir, d'avoir raison et peut-être même de danser la polka... La vie quoi !

DEUXIÈME PARTIE

Les offusqués

Chapitre 6

Au boulot !

Chloé a enfilé une salopette verte et commencé la rénovation. Le plus difficile a été de trouver par quel bout commencer car il y a mille bouts qui s'offrent à elle. Elle a fermé les yeux, pris une grande inspiration, à se faire exploser les poumons, et a foncé droit devant. Vers le poulailler et l'étable.

La première semaine s'est bien passée, la deuxième aussi. Avec les jours qui allongent, elle peut travailler douze heures. Elle s'arrête juste pour faire la cuisine, la lessive et un peu de ménage… si on peut appeler ça s'arrêter.

Le poulailler a été rapidement restauré, le grillage a été redressé et par endroit retissé, et les premières poulettes ont débarqué. D'abord, des gâtinaises à la crête rouge et à l'air arrogant, robustes et bien en chair. Puis six poules « cou-nu » de Transylvanie, au cou évidemment déplumé, pas très sémillantes, mais bonnes pondeuses et un peu couveuses quand même. Avec ce deuxième contingent, est arrivé un coq aux plumes moirées, vert et ocre, qui n'a pas mis longtemps à faire le coq. Chloé l'a surnommé Hector, et compte sur lui pour renforcer la colonie de quelques poussins avant l'hiver prochain. Pour l'heure, Hector se contente de chanter au lever du jour, en l'occurrence vers six heures. On l'entend à un kilomètre à la ronde, c'est-à-dire jusqu'aux abords du village, du côté nord où sont installés deux gîtes ruraux déjà occupés en ce mois d'avril.

Si Miredon est une commune paisible, avec peu d'activités, sans club sportif, sans association du troisième âge, sans amicale de pétanque, et même sans comité des fêtes, et donc sans fête locale annuelle, elle abrite tout de même une association, citoyenne comme il se doit, dénommée « Les Dormeurs réunis », qui s'est donné pour mission de défendre la tranquillité des gens honnêtes. Beau programme ! Elle est présidée par un certain Paul Ducasse, cadre supérieur retraité de la Banque, procédurier de premier ordre, installé à Miredon depuis deux ans, et petit coq comme Hector, sauf que lui ne chante pas et serait plutôt du genre à tordre les cordes vocales à tout ce qui pourrait déranger sa retraite bien méritée. Il faut préciser que Ducasse ne peut jamais dire « ma retraite » sans ajouter « bien méritée », ce qui hérisse tous ceux qui se sont rompu le dos quand ce dernier se curait les ongles dans un bureau climatisé de La Défense. Ducasse a toujours vécu à Paris ; il a atterri à Miredon, à cause d'une maison héritée d'une tante lointaine, avec une idée très précise de ce qu'est la campagne française. Il a une retraite confortable dont il se garde bien de dire le montant pour ne pas attiser les jalousies, et une épouse acariâtre dont il se garde bien de dire du mal.

Manque de chance, la maison des Ducasse est au nord du village, à portée d'oreille du chant d'Hector. Ce matin-là, madame se réveille en sursaut et s'écrie « Tu as entendu ? », en secouant son mari qui dort à poings fermés. Non, il n'a rien entendu, mais il n'en est pas moins décidé à faire cesser l'outrage. Les trois matins suivants, le vent du nord et la pluie emmènent le son importun au large de Miredon, plutôt vers les bois, où aucune marmotte, aucun lièvre ne songe à se plaindre. Ducasse en son for intérieur se demande si son épouse n'entend pas des voix. Madame se vexe. Le quatrième jour, elle met le réveil à cinq heures et attend de pied ferme le chant du coq, volet et fenêtre ouverte pour ne rien en perdre. Évidemment, ce crétin d'Hector ne se méfie pas et tombe dans le piège : il hurle de toutes ses forces à six heures dix ; monsieur constate, se lève et cherche d'où vient le délit. Il est sincèrement offusqué que l'on ose piétiner avec un tel sans-gêne le droit des citoyens au repos légitime. Il ne tarde pas à faire le lien avec le renouveau de la ferme de La Fage. Il s'habille rapidement. Costume en velours marron, chemise blanche et cravate. Il pense que la cravate impressionne toujours – surtout les ploucs – et il la met quand il a rendez-vous avec le maire, l'inspecteur des impôts ou le brigadier de la gendarmerie.

Il n'est pas huit heures quand il déboule à la ferme et tombe sur Chloé qui est en train de couper l'herbe de son champ à la faux. Cela fait trois jours qu'elle y travaille, c'est épuisant. Ducasse traverse le champ et fond droit sur elle qui se demande, interloquée, qui peut être ce type. Elle pense bien à un chargé de mission de la Chambre d'agriculture, à un agent d'assurances, à un contrôleur de la Sécu… et serait presque soulagée d'apprendre qu'il s'agit d'un voisin au langage ampoulé qui veut faire l'important.

« Chère madame, vous n'êtes pas sans savoir que le bruit est une nuisance publique, aussi grave que la pollution ou l'éclairage intrusif, et que la loi encadre les niveaux sonores de jour comme de nuit. Il y a des seuils de décibels à ne pas dépasser…

– Sans doute, dit Chloé qui ne comprend pas ce qui se passe.

– Non, chère madame, pas "sans doute", mais assurément… Et, outre la loi que chacun se doit de respecter, je ne vous apprends pas qu'il y a des règles de bon voisinage et des conventions qui permettent le "vivre ensemble"… Je ne suis nullement opposé à vos travaux, au contraire, mais votre entreprise ne peut s'envisager que dans le respect d'autrui.

– Oui, bien sûr, avance Chloé qui ne voit toujours pas où cet hurluberlu veut en venir. Mais pourquoi me dites-vous tout ça ? Si tôt ?

– Votre coq, car c'est bien votre coq, chante à six heures du matin, à l'heure où nos concitoyens dorment de leur meilleur sommeil et où les victimes d'insomnie commencent à trouver un légitime repos que votre coq se plaît à chahuter.

– Oui mais un coq, ça chante le matin, c'est comme ça…

– Les honnêtes gens ont le droit de dormir ! Ils n'ont pas à être pris en otage par un animal qui n'a pas à être là…

– Enfin il y a des poules et des coqs à la campagne, comme il y a des poissons dans les rivières et des oiseaux dans les arbres.

– Ne faites pas celle qui ne veut pas comprendre, car j'ai la loi avec moi, et je ferai rendre gorge à ce coq de malheur… D'ailleurs je vais lancer une pétition dans le village et informer M. le maire.

– Mais enfin c'est la nature qui fonctionne ainsi, vous n'avez pas à…

– Je suis président de l'association “Les Dormeurs réunis” et j'ai à faire ce que les gens attendent de moi… c'est-à-dire faire respecter l'impérieux droit au repos de ceux qui ont travaillé toute leur vie, comme moi, et des vacanciers qui ont travaillé toute l'année.

– Et l'impérieux besoin du coq de chanter au point du jour, vous en faites quoi ? lance Chloé qui commence à sentir la colère monter.

– J'en fais que vous insonorisez complètement votre poulailler ou vous aurez un procès que je gagnerai…

– Il va y avoir un juge pour interdire les coqs de chanter ?

– Pas un juge, cent juges ! Sachez que j'ai déjà fait interdire la sonnerie de la cloche de l'église et que ce n'est pas un vulgaire gallinacé qui va semer la zizanie dans notre beau village. Je ne vous salue pas. »

Ducasse tourne les talons et repart. Front bombé et bannière, ici sa cravate, au vent. Chloé est tout abasourdie de cette sortie. Elle continue quelques minutes à faucher mais bien vite s'en retourne chez elle. Elle préfère ne rien dire à son grand-père pour ne pas l'inquiéter et file au bar-tabac du village pour avaler un café-croissant et glaner quelques informations.

Chapitre 7

Où il est question de Paul Ducasse-pieds, et d'un certain Hubert

Au bar-tabac, c'est l'heure du rush. Le petit noir et le petit blanc se font concurrence. Chloé salue les uns et les autres, et se poste au bout du zinc, à côté de Pull-violet qui justement lorgne vers elle.

« Je viens d'avoir la visite du président de l'association des "Dormeurs réunis"…

– Oh là là ! Celui-là vous allez pas vous en défaire comme ça !

– Qui c'est ?

– Paul Ducasse, nous on l'appelle Ducasse-pieds, c'est un retraité qui emmerde tout le monde… Il a fait interdire la cloche de l'église… Moi j'aimais bien la cloche, je trouve que le village est triste sans la cloche…

– Pourquoi vous avez cédé ?

– Cet enfoiré est allé voir la colonie musulmane et il leur a dit qu'ils n'avaient pas à supporter la cloche puisqu'ils n'avaient pas eux-mêmes de muezzin… et ces cons-là ont signé la pétition et pareil pour ceux du quartier neuf qui se plaignent de tout et ne réfléchissent jamais à rien. Et puis il y a un correspondant du journal local qui a commencé à écrire que le conseil municipal était raciste et islamophobe, et comme le maire est de gauche, on n'a pas voulu laisser dire ça.

– Vous auriez pu mettre un muezzin pour le prendre à son propre piège. »

Pull-violet la regarde interloqué. Il avale le fond de son verre et lâche « Faut pas exagérer tout de même ! » avant de sortir, visiblement contrarié.

Chloé demande un autre café. Elle est perplexe. Sa journée commence mal. Elle sent qu'il faut faire attention car souvent les juges donnent raison aux procéduriers, sans doute à cause de la connivence qui naît forcément entre amoureux du droit. Elle est tirée de sa rêverie par une voix grave et chaleureuse :

« Vous êtes bien la petite dame de la ferme de La Fage ?

– Oui, c'est la ferme de mon grand-père.

– Je sais, je sais… C'est une belle chose, courageuse, et on a besoin de gens comme vous dans le pays… Le maire m'a dit beaucoup de bien de vous. J'espère qu'il va vous aider… Moi, j'ai déjà dit que j'étais d'accord pour vous prêter la porcherie désaffectée des Conquets. Ce n'est pas qu'elle est à moi, mais je connais bien le proprio, et ça ne devrait pas poser de souci…

– Merci, dit Chloé qui trouve que sa journée va peut-être mieux finir qu'elle n'a commencé.

– C'est beaucoup de boulot !

– Énormément. Chaque jour, je vois la montagne plus haute…

– Vous ne devriez pas tout commencer en même temps…

– Mon problème, c'est que dans l'économie circulaire, il faut tout mener de front pour que le cercle vertueux commence à tourner.

– Non… il faut se donner des priorités. Quel besoin vous avez de vouloir débroussailler les bois ? Vous savez, ce sont des lieux où vivent de nombreuses espèces protégées, on a la genette, l'écureuil roux, et même, vous ne le croirez pas, des nichées de chouettes hulottes.

– Ah ? dit Chloé.

– Il faudrait les laisser tranquilles parce que la biodiversité c'est plus important que tout…

– Je sais bien mais…

– Un tiers des oiseaux en milieu agricole ont disparu entre 1989 et 2017 ! Vous vous rendez compte… Un tiers des oiseaux !

– Je sais que c'est très important mais je n'ai pas les moyens d'acheter du foin. Du moins pas encore…

– Savez-vous que, parmi les mammifères terrestres et marins sous surveillance en France, un tiers des espèces est en danger de disparition ? C'était un quart en 2009 ! Moi, je suis outré que les hommes se conduisent de cette manière. »

Si Chloé est depuis longtemps convaincue par la belle cause de la biodiversité, elle n'en est pas moins émue par la noble colère de monsieur… Monsieur comment déjà ? Appelez-moi Hubert. Je suis un passionné de faune animale. Elle promet de revoir son « business plan », de tout faire pour trouver des compensations dans l'équilibre de son budget déjà pourtant fort serré.

« Écoutez, ma petite dame, je suis sûr que nous pourrons vous aider en retour… Déjà la porcherie, et le hangar, et puis pendant la chasse, il y aura bien quelques quartiers de sanglier ou de biche pour remplir votre congélateur… surtout si vous les laissez chasser sur vos terres.

– Je n'ai pas de congélateur.

– Vous avez raison… Il vaut mieux saler la viande pour la conserver ! »

Chloé dévisage d'un drôle d'air ce grand ami des bêtes et de la biodiversité, mais bien vite elle gomme sa défiance car l'homme a un regard franc et une dignité qui force l'admiration.

En revenant à la ferme, le soleil est déjà haut, il n'est plus l'heure de manier la faux. De toute façon, elle n'en a plus envie. Elle préfère rassembler la truelle et la taloche, et filer à l'ancienne étable qu'elle a entrepris de rénover à ses heures perdues. Elle aime maçonner. Depuis toujours. Elle est à son affaire quand elle remonte des murs à demi écroulés, quand elle rejointoie et crépit. Les deux vaches auront ainsi de beaux espaces, mais le mieux loti sera le cheval, un percheron blanc, nommé Pompon, qui a quatre ans et qu'elle a trouvé sur Le Bon Coin. Il doit arriver au début du mois prochain. Quand il sera là, elle aura vraiment l'impression que son projet est sur les rails. Pour l'instant, son grand-père la regarde travailler. Mine de rien, il a remarqué qu'elle était tristounette, et il est venu, comme ça, pour simplement être avec elle. Peu à peu, en scellant les gonds de la porte à venir, Chloé se détend et se met à lui parler du président Ducasse. « Ducasse-pieds, tu veux dire ? » lui répond-il en rigolant. Chloé est étonnée, le vieux semble être au courant de tout alors qu'il ne quitte plus sa ferme. Elle enchaîne sur M. Hubert qui plaide pour la biodiversité, le vieux la regarde avec un sourire amusé.

« Et qu'est-ce qu'il t'a raconté, ce brave Hubert ?

– Il m'a dit qu'il y avait trois espèces protégées qui nichaient dans les bois…

– Tiens donc. Et quoi d'autre ?

– Des trucs intéressants sur la biodiversité…

– Sur la biodiversité ? répète son grand-père avec un air goguenard.

– Oui… Il a raison… Le problème c'est que moi je ne sais pas comment je vais nourrir les chèvres si je ne peux pas les laisser aller dans ces bois. Ça va être compliqué…

– Ce grand défenseur de la faune et de la biodiversité t'a-t-il dit qu'il était aussi président de la Fédération de chasse du département ?

– Non ! répond Chloé estomaquée.

– Je m'en doutais ! Il ne t'a pas dit non plus qu'il donnait à bouffer aux animaux du bois durant l'hiver, pour pouvoir les abattre à l'automne… et qu'il préférait ne pas être dérangé dans ses petites affaires.

– Tu es sûr ?

– Aussi sûr qu'un lapin a deux oreilles et que les poules n'ont pas de dents ! »

Chapitre 8

Le pauvre homme !

Cinq semaines plus tard, l'étable est terminée. Une couche de chaux passée sur les murs intérieurs rend l'ensemble lumineux, d'autant que Chloé a eu le bon goût de peindre les boiseries avec un pot de rouge cramoisi.

Pompon est déjà installé, brave et vaillant, tout blanc. Le cochon doit arriver en fin de semaine et les deux vaches Highland au début du mois suivant. Ce sont des bêtes aux grandes cornes évasées qui font un peu peur mais qui sont très gentilles d'après le type qui a rédigé l'article de Wikipédia, sans doute sans avoir jamais approché l'une d'entre elles.

Chloé n'a encore rien décidé quant aux chèvres. Ce sera du travail supplémentaire pour peu de bénéfice, il lui en faudrait six pour que ce soit rentable, mais c'est encore plus de travail et les journées ne sont pas extensibles. Et puis si la mairie lui a accordé l'usage du hangar et de la porcherie des Conquets, et aussi l'autorisation de laisser brouter son cheval dans les prés en jachère, rien n'a été arrêté pour le débroussaillage des bois communaux. Sans cet accord, il n'est pas raisonnable d'avoir des chèvres, ce qui attriste Chloé. Mais le vrai chantier est désormais la remise en état des champs. Il y a même urgence si elle ne veut pas rater la période des semences. Les herbes folles, les ronces et les chardons ont pris possession des lieux depuis dix ans qu'on leur a laissé le champ libre. La tâche est énorme, sauf si on revient aux pratiques ancestrales que Chloé a repérées au Sénégal. Elle hésite à en parler au grand-père. Elle décide finalement de lui faire un bon riz au lait et d'aborder le sujet.

L'idée, c'est de mettre le feu pour régénérer les terres, puis de labourer pour enfouir les cendres et les scories. Chloé explique qu'elle a vu cela en Afrique. S'ensuit un long silence.

« Ça se faisait autrefois, dit enfin le vieil homme en raclant méticuleusement sa coupelle de riz.

– Et vous avez arrêté ? demande Chloé maintenant rassurée.

– Ça a dû être interdit, mais je me rappelle avoir vu mon grand-père mettre le feu après l'été au champ du haut… »

Chloé est soulagée. Son projet n'est donc pas farfelu. Au contraire, elle va renouer avec les temps anciens et cela lui plaît. Elle va trouver les deux pompiers volontaires du village – il n'y a pas mieux qu'un pompier pour mettre le feu – et organise sa petite affaire d'écobuage. C'est le nom officiel de cette pratique. Le plus difficile est de trouver un jour avec des conditions climatiques favorables. Ce sera finalement pour le surlendemain. Au petit matin, le feu est mis au grand champ envahi de ronces qui descend vers l'étang, et aussi plus tard à celui qui est à l'est. Le vent est faible, il pousse les flammes vers l'étang. Chloé a pris soin, les jours précédents, de bien dégager les bordures sur deux mètres sous le contrôle des pompiers. Le feu progresse lentement, les fumées envahissent l'horizon et inquiètent quelques villageois, notamment les touristes des gîtes qui appellent les gendarmes.

Ces derniers ne tardent pas à débarquer à La Fage. Ce sont deux braves types, un gros et un petit, qui semblent avoir été réunis pour une série télévisée. Ils sont sans animosité, ils veulent juste savoir ce qui se passe. Chloé leur explique, elle montre les deux pompiers volontaires qui observent l'opération. Les gendarmes ne pensent pas à lui demander si elle a une autorisation. Ils ne savent même pas qu'il faut une autorisation. Ils l'apprendront le soir, quand Ducasse viendra se plaindre des fumerolles qui empestent ses deux gîtes.

Pour l'heure, le grand-père les invite à boire une bière fraîche. Bizarrement, les deux hommes, képi à la main, semblent maintenant un peu gênés.

« Au fait, dit le gros, il faut qu'on vous dise un truc… Une main courante a été déposée à votre encontre.

– En fait, à l'encontre de votre coq, précise le second.

– Je crois deviner de qui ça vient… répond Chloé.
– C'est Ducasse.
– Pieds ?
– Oui. Qui d'autre ? dit le gros. Ça remonte à une dizaine de jours…
– Le plus étonnant, ajoute le petit, c'est qu'il n'est pas revenu depuis… Pour l'histoire du clocher, il passait tous les matins, on n'en pouvait plus…
– Faudrait vous méfier… glisse le gros en regardant son képi.
– Mais je ne peux rien faire ! s'exclame Chloé.
– Ton grand-père trouvera quelque chose ! »

Chloé assiste à ce dialogue ponctué de clins d'œil sans chercher à s'en mêler davantage, car elle ne voit pas où tout cela peut mener.

« En même temps, poursuit le gros, il paraît que Ducasse a trouvé un autre os à ronger. C'est peut-être pour ça qu'il vous lâche un peu…
– J'espère que ce n'est pas contre nous.
– Non ! C'est contre le gouvernement qui va taxer les retraites de 3 % par solidarité avec les jeunes travailleurs… et Ducasse est fou furieux.
– Le pauvre homme ! dit le grand-père.
– Il ne touche que 5 324 € par mois.
– Le pauvre homme !
– Il perd 159 € par mois…
– Le pauvre homme !

– Il a pris la tête de la contestation locale, et clame partout qu'une petite retraitée qui touche 700 € va perdre 21 € chaque mois… Il dit que c'est inadmissible, qu'il est offusqué qu'on ose toucher aux retraites de ceux qui ont durement travaillé toute leur vie…

– Le brave homme !

– Heureusement qu'il a les deux gîtes de l'entrée du village qui lui rapportent quelques milliers d'euros…

– Le pauvre homme !

– N'empêche, conclut le gros gendarme, que vous devriez vous méfier. Parce que, quand il en aura fini avec ça, il risque fort de repartir sur votre coq. »

Les fumerolles ont duré toute la journée et toute la nuit. Deux jours plus tard, le maire, qui passait par là, propose à Chloé de lui labourer le champ.

« Mais c'est beaucoup de travail ! s'exclame Chloé.

– Mais non, ce n'est rien. Avec mon engin, j'en ai pour une heure. »

Chloé accepte avec reconnaissance, parce que ce type de labourage avec Pompon lui aurait pris trois jours. Elle regarde aller et venir le tracteur avec émotion, et repense au vieux tracteur rouge de la grange. Le soir venu, elle en parle au grand-père qui lui répète que la pompe est morte et que ce modèle ne dispose plus de pièces de rechange depuis déjà vingt ans.

« C'est de l'obsolescence programmée ! s'écrie Chloé en colère.

– Enfin, tempère le grand-père, j'ai acheté ce tracteur en 1966.

– Qu'à cela ne tienne, lâche Chloé, je vais le réparer. »

Dès le soir, elle poste une alerte sur Le Bon Coin, EasyBourse et AgriEntraide, en quête d'une pompe pour un modèle Massey Ferguson AT 509 de 1966, en maugréant : « On va voir ce qu'on va voir. » En fait, on ne va rien voir parce que les pompes de MF AT 509, Bon Coin ou pas, il n'y en a pas.

Chapitre 9

Célia entre en scène, les crispations suivent

Peu après les semences des laitues de plein champ, mais avant la rénovation du toit du hangar, est arrivée Célia. C'est la petite amie de Chloé, qui a fini, après plusieurs semaines d'hésitation, par abandonner son poste de cadre supérieur et son gros salaire dans les télécoms, pour tenter l'aventure de la ferme. Un choix dicté par l'amour et le goût de l'aventure, un choix romantique donc, d'ailleurs elles ont prévu de se marier bientôt. Chloé ne l'a pas annoncé au grand-père pour ne pas gâcher l'ambiance ; pour l'heure, ce dernier est ravi d'accueillir cette fille de trente ans un peu forte, pas spécialement jolie, qui a l'habitude en été de se balader les seins à l'air dans la maison. Pour l'hiver, on ne sait encore rien de ses habitudes.

Célia est une virtuose du marketing, du placement de produit et de diverses autres choses plus ou moins nécessaires, mais elle a aussi une bonne paire de bras toujours utiles dans les champs et des économies importantes. Ce bout de femme énergique sait qu'il faut investir massivement au démarrage si l'on ne veut pas péricliter des années durant, s'user et finir par abandonner. Elle est venue pour réussir, pour aimer, pour vivre. Célia sait aussi beaucoup de choses en matière de ressources humaines, cela peut sembler superflu dans une ferme reculée, il n'empêche qu'il vaut mieux être au courant des lois quand on veut faire travailler des gens qui n'en ont pas envie.

« C'est compliqué de recruter des saisonniers, dit le grand-père. Moi sur la fin je ne trouvais plus personne et les cerises restaient sur les arbres. »

On n'en est pas encore là mais le temps des récoltes approche et il va falloir des forces vives.

Célia est du genre à prendre les problèmes à bras-le-corps. Elle s'est procuré à la mairie la liste des chômeurs résidant au village. Elle est longue. Plus longue encore serait la liste des certificats médicaux de cette belle équipe : il y a ceux qui ont mal au dos, ceux qui ne peuvent pas porter de poids, ceux qui ne peuvent pas lever l'épaule… Célia ne se décourage pas, elle appelle, frappe aux portes, et finit par rassembler trois personnes qui sont prêtes à venir travailler à la ferme quand il faudra des mains. Trois femmes, comme par hasard ! Pour les travaux les plus durs, Célia est allée voir Mamadou, un immigré tchadien qui parle un parfait français et qui, de ce fait, est le porte-parole de la petite communauté africaine logée à Miredon. Après quelques palabres de pure politesse, les Africains ont accepté de travailler et d'être payés avec de la nourriture : des œufs et du lait pour commencer, des salades plus tard, du blé l'an prochain… Mamadou a tapé dans la main de Célia, le contrat est solide.

Les agissements de Célia dans le village ne sont pas passés inaperçus. Déjà qu'une étrangère se retrouve vite au centre des discussions, alors une étrangère qui va taper aux portes des gens pour les faire travailler est une tornade… Bref, la moitié nord du canton parle de la ferme de La Fage comme d'une curiosité passionnante. Le correspondant local a même voulu faire un papier, mais Célia, qui est aussi un as de la communication, a préféré poliment repousser la proposition à plus tard. Chloé s'effraie parfois des propos de Célia mais n'ose rien dire car l'énergie de son amie est en train de soulever des montagnes, et des montagnes à soulever, il y en a un paquet !

Seulement, toutes ces rumeurs finissent par arriver aux oreilles du syndicaliste du canton. Il s'appelle Gérard et travaille à La Poste où il n'a jamais pu, en vingt ans, déclencher une action sociale digne de ce nom. Il a beau faire, il n'est pas suivi, mais sa capacité à s'offusquer n'a en rien faibli. Aussi, quand il apprend que des néocapitalistes veulent coloniser le pays et ont osé demander la liste des chômeurs du village, il voit rouge. Il rédige un tract pour inviter à ne rien céder au grand capital, en l'occurrence Chloé et Célia, qui veut tordre le bras de la classe ouvrière déjà durement éprouvée.

Il faudra une rencontre, un dimanche matin, à l'heure de l'apéro au bar du village, pour éclaircir le débat et définitivement le crisper. Célia sirotait un jus de tomate – une boisson de bobos, d'après Gérard – quand ce dernier a foncé sur elle avec un air agressif.

« C'est vous qui traquez les chômeurs ?

– Je ne traque pas les chômeurs, je leur propose du travail, répond Célia sans se démonter.

– On connaît ça… Le mépris des chômeurs…

– Je ne méprise pas les chômeurs.

– Vous sous-entendez que ce sont des fainéants !

– Certains chômeurs sont des fainéants, d'autres, une majorité, sont des gens qui veulent s'en sortir… »

Elle a le tort d'ajouter, en regardant Gérard droit dans les yeux :

« Je pense aussi que certains travailleurs sont des fainéants. »

Les clients qui ont suivi l'échange éclatent de rire. Décontenancé par cette attaque perfide, le syndicaliste perd son sens de la répartie, et préfère sortir avec la mine de l'outragé. Il se précipite chez lui et envoie un mail d'alerte à la faction des scandalisés qui s'insurge aussitôt sur les réseaux… Heureusement que personne ne sait où est Miredon sinon on ne serait pas à l'abri d'une bande d'excités.

TROISIÈME PARTIE

Les indignés

Chapitre 10

Ce qu'il advint des cornes des vaches et de la tension artérielle du grand-père

La bétaillère traverse le village par une chaude après-midi. Elle vient livrer deux vaches Highland, des écossaises, qui ont deux qualités étonnantes : elles débroussaillent les bois, c'est-à-dire qu'elles se nourrissent à l'œil pendant une grande partie de l'année, ce qui n'est pas un mince avantage, et elles ont une paire de cornes inouïes, immenses, qui ont bien une envergure d'un mètre cinquante. Même le grand-père siffle d'étonnement, on n'a jamais vu des bêtes pareilles dans tout le pays. Très vite, les deux vaches deviennent l'attraction du village. Elles étonnent en même temps qu'elles effraient, pourtant ce sont de braves bêtes tout ce qu'il y a de plus pacifique. Le succès est tel qu'il donne des idées à Célia… Pourquoi ne pas ouvrir la ferme aux écoliers ? Cela ferait quelques revenus supplémentaires pour peu de travail, de quoi payer l'entretien hivernal des bêtes quand la neige et le froid obligent à les garder à l'étable et à leur donner du foin. Elle réfléchit deux secondes et fonce demander l'accord de Chloé qui le lui donne aussi sec.

Célia est très forte pour les papiers, les demandes de subvention, et aussi pour aller vite et ne jamais remettre au lendemain ce qu'elle aimerait avoir fait la veille. Sitôt pensé, sitôt lancé : elle file au rectorat, recueille de précieux conseils auprès d'un fonctionnaire zélé, prend le dossier et s'en revient à la ferme. Le lendemain matin, elle est de retour devant le rectorat qui n'a pas encore ouvert, avec un dossier parfait, bourré de précisions, de photographies en couleur et de mots à la mode dont le jury est friand. Elle parle de développement durable, de process écoresponsables, de biodynamie et tutti quanti. Elle remet le dossier entre les mains du fonctionnaire zélé qui est tout étonné de la vitesse de réaction supersonique de Célia. Il enregistre, délivre un reçu et promet des nouvelles avant la rentrée scolaire.

Deux semaines plus tard, Célia reçoit un courriel où il lui est recommandé d'avoir deux chèvres ou deux moutons pour compléter son troupeau et rendre la visite plus pédagogique en offrant un panel élargi. On lui signale également qu'elle a oublié de mettre une photo du chien de la ferme. Célia ne mollit pas, elle répond que moutons et chèvres sont en commande et devraient être livrés vers la fin août. C'est évidemment un beau mensonge mais elle a déjà un peu enjolivé le troupeau, alors ce n'est pas quatre mammifères de plus qui vont la troubler. De toute façon, elle sait que personne ne viendra vérifier ! Elle joint des images de moutons prises sur le Web. Elle est en revanche plus ennuyée pour le chien. Il y a bien sûr son chihuahua Pussy qu'elle a amené de la ville avec elle… mais c'est un truc à mettre en l'air tout son beau dossier parce que Pussy, on ne l'imagine pas courir après des moutons. De toute façon, il a peur des sauterelles, et il faut le garder dedans pour éviter qu'on lui marche dessus. Elle hésite et fait l'impasse : le fonctionnaire qu'elle a rencontré ne peut pas imaginer une ferme sans chien, pas plus qu'un cours de philosophie sans vidéo-projecteur.

Deux semaines plus tard, elle reçoit un agrément du rectorat. Elle a le label « Ferme verte » et elle peut accueillir des classes des écoles primaires. Célia est ravie, Chloé aussi. Elles ne prêtent pas attention à l'alinéa n° 7 – il y en a douze en tout ! – qui dit « sous réserve de l'avis de conformité HS de niveau 2 délivré par le SDIS élargi ». Comme elles ne savent pas ce qu'est le SDIS et encore moins le SDIS élargi, elles ne s'inquiètent pas et voient simplement que la ferme recevra trois cents euros de dédommagement pour chaque après-midi de visite, ce qui n'est pas rien dans la colonne des recettes.

Pendant que Célia s'agite pour valider son dossier, le grand-père ne pipe mot mais s'active à sa manière. Depuis une semaine, il ne prend plus le médicament qui régule sa tension. Tension qui a tendance à grimper dès qu'on la néglige. Le résultat ne se fait pas attendre :

le mercredi, il se lève et sent que son palpitant bat la chamade. Il s'habille et fonce à pied vers la maison de Ducasse. Sur le chemin, il rencontre plusieurs voisins qu'il salue avec une affabilité qu'on ne lui connaissait pas. Arrivé à destination, il fait un signe amical à l'adjoint au maire qui passe par là, puis il sonne, tombe sur madame et demande poliment à voir monsieur qui fait son apparition dans une robe de chambre de soie bleue bien méritée après une vie de labeur.

Le grand-père lui sert une tirade, étonnante à cette heure matinale, un peu confuse aussi, sur la retenue des retraites. Puis il s'interrompt pour demander :

« J'ai bien devant moi, je ne me trompe pas, l'une des personnalités qui mènent la fronde contre la diminution des retraites ? »

Ducasse opine, assure que le combat ne fait que commencer, qu'il ira devant le Conseil d'État s'il le faut, ou même devant la Cour de justice européenne. Le grand-père lui dit qu'il veut l'aider.

« Comment cela ? demande Ducasse qui voit mal comment ce bouseux pourrait l'aider.

– C'est parce que j'ai eu l'idée d'un compromis qui arrangerait tout le monde et que vous pourriez soumettre au gouvernement.

– Ah oui ? soupire Ducasse avec un sourire méprisant.

– C'est-à-dire qu'ils pourraient ne pas toucher aux pensions les plus basses, celles inférieures à mille euros, et taxer davantage les plus élevées… Comme ça, ils pourraient récupérer de l'argent sans gêner personne. »

Ducasse réussit à garder son sang-froid et à expliquer qu'il faut un front de lutte unie, que le gouvernement n'attend que ça, qu'il s'agit d'un principe absolu, comme le droit de propriété : on ne touche pas aux retraites ! Sur ce, il éconduit poliment le grand-père qui en profite pour filer promptement chez son médecin.

« Qu'est-ce qui vous arrive ? demande le médecin avec un bon sourire.

– J'ai le cœur qui s'emballe… Ça allait bien, mais ce matin je suis passé chez Ducasse pour lui parler du coq, et il s'est mis à hurler contre moi et à me menacer… J'en suis encore tout bouleversé.

– On va voir ça », dit le médecin qui se met à l'ausculter méticuleusement.

Quelques minutes plus tard, le diagnostic est sans appel :

« En effet, vous avez dû prendre une sacrée secousse… Vous montez à 100 pulsations, comme si vous veniez d'escalader le Tourmalet !

– C'est qu'il n'y est pas allé de main morte le Ducasse…

– Vous allez doubler la dose de cachets jusqu'à dimanche et surtout bien vous reposer. Pensez à autre chose, regardez la télé…

– J'ai pas la télé…

– Dormez ! Et ne pensez plus à ce stupide incident, ça ne vaut pas la peine de se mettre dans cet état pour un coq ! »

Le grand-père remercie et promet de rentrer immédiatement chez lui se reposer. Sauf qu'au sortir de chez le médecin, il bifurque à la deuxième rue et file d'un bon pas chez les gendarmes… déposer une main courante contre Paul Ducasse qui l'a insulté et menacé avec un bâton de bois à cause de son coq qui chante le matin et dérange le sommeil de sa femme. Il mentionne les témoins qu'il a croisés sur le chemin, il cite le docteur qui l'a examiné ce même jour, montre l'ordonnance. Les gendarmes enregistrent sa déclaration avec le plus grand soin, et le reconduisent en voiture chez lui.

« Tu as bien fait de passer nous voir, lui dit le gros.

– Dans ce genre d'affaire, renchérit le maigre, c'est dossier contre dossier. Faut rendre tous les coups. »

Chapitre 11

De l'ingratitude des abeilles et de la bêtise de Jessica Bajolle

La ferme est chaque jour plus florissante. Elle semble renaître à la vie après de longues années d'hibernation. Chloé et Célia ne ménagent pas leur peine. Les animaux et les graines poussent, le grand-père rajeunit.

Tout va donc pour le mieux dans le meilleur des mondes, jusqu'à ce matin du 28 juillet, où Chloé se lève et va donner du maïs aux poules. Effarement et consternation ! La porte du poulailler est défoncée, les échelles et les caisses de ponte sont saccagées, les poules éparpillées dans les champs voisins. Quant à Hector, Chloé le retrouvera plus tard, après une longue recherche, à une centaine de mètres de la maison de Ducasse… Il en a profité pour pousser son coup de gueule, pardon de gosier, aux oreilles du président des « Dormeurs réunis », ce qui n'est pas très malin.

Chloé n'a aucun doute : c'est un coup de Ducasse et de ses amis ! Pourtant, en examinant de plus près le poulailler avec Célia, elle doit se rendre à l'évidence : rien ne confirme ses soupçons. Les vandales ont laissé plusieurs messages, tous très clairs : Pas question de tuer des animaux, pas question de manger des animaux, pas question de tirer profit des animaux ! Halte au fascisme des hominidés ! Mort aux viandards !

Le grand-père regarde avec tristesse les dégâts.

« Pour une fois, c'est pas un coup du renard, finit-il par dire en s'éloignant.

– Où vas-tu ? demande Chloé.

– Je vais voir les ruches.

– Et moi, j'appelle les flics », dit Célia en prenant son téléphone.

Les gendarmes arrivent dix minutes plus tard. Ils constatent les dégâts, saisissent les tracts, et photographient le logo peint au pochoir sur le mur du poulailler. Un poisson avec des pattes et des ailes.

« C'est signé, soupire le gros gendarme.

– Toujours les mêmes ! dit le petit avec hargne. La semaine dernière, ils ont fracassé la vitrine du boucher de Pondeville, et celle d'avant, ils ont crevé les pneus de la camionnette du poissonnier.

– C'est qui "ils" ? demande le grand-père.

– Des végans extrémistes qui veulent empêcher les gens de manger de la viande…

– Pire que ça ! renchérit le gros. Ils sont contre toute forme d'exploitation des animaux… Ils refusent de toucher aux œufs des poules, d'utiliser la laine des moutons, de manger le miel des abeilles !

– À ce sujet, dit le grand-père, ils ont essayé de s'attaquer aux ruches mais ça n'a pas dû bien se passer… parce que mes petites princesses sont agressives le matin et pas du genre à se laisser embêter. Une des ruches a été bousculée, mais les autres sont intactes.

– On sait qui sont ces végans ? demande Célia. On pourrait aller leur causer.

– C'est la belle-fille des Bajolle qui a entraîné trois ou quatre jeunes… Des imbéciles qui ont été biberonnés aux films de Walt Disney.

– On n'a pas encore réussi à les coincer… Ils se couvrent entre eux avec des alibis à la noix.

– Ils ont même saccagé un manège de chevaux de bois à Saint-Urcisse, ajoute le petit.

– Des chevaux de bois ? s'exclame Chloé.

– Oui, pour marquer les esprits… Ah, c'est du lourd !

– Comme si on avait besoin de ça dans le coin ! soupire le petit.

– On va aller faire un tour chez les Bajolle, conclut le gros. Vous n'aurez qu'à passer signer la déposition en fin d'après-midi. »

Chloé et Célia entreprennent aussitôt de réparer les dégâts tandis que le grand-père enfile son costume d'apiculteur pour aller remettre en place la ruche bancale.

Une heure plus tard, la voiture des gendarmes escalade péniblement la côte des châtaigniers et se gare dans la cour de la ferme des Bajolle. Le fils est en train de réparer une voiture. C'est un être aussi fruste et malingre que sa femme est despotique et obèse.

« On vient voir votre femme Jessica, lance le gros gendarme.

– Elle est dans la cuisine », grommelle le mécano sans lever la tête.

Ils entrent et trouvent Jessica assise dans la pénombre, le visage boursouflé comme une courge, émaillé de piqûres rouges. Ses paupières sont terriblement enflées, comme ses lèvres et ses mains. Elle ne bouge pas, ne parle pas, elle semble avoir du mal à respirer.

« Vous, vous êtes allée toucher les ruches… »

Jessica remue à peine la tête de la droite vers la gauche dans un « non » assez contrit.

« Ah oui, dit le petit. Vous avez un alibi ! Vous jouiez à la belote avec vos amis.

– L'ennui c'est qu'il y a vos empreintes sur la ruche… Alors on va prendre vos empreintes et comparer. »

Jessica montre ses mains gonflées et retient un sourire intérieur qui n'arrive pas à franchir ses lèvres douloureuses. Le gendarme a l'habitude des sourires intérieurs, il les sent, les renifle, ça fait partie de son métier.

« C'est quand même pas juste de se faire ainsi massacrer par ces charmantes bestioles que vous défendez, dit le gros en se tournant vers Jessica.

– Ça me rappelle mon oncle, poursuit le petit. Il était communiste, et il était fou de rage quand les ouvriers qu'il voulait entraîner dans la grève lui jetaient des pierres. Et dire qu'on lutte pour ces imbéciles, disait-il à ma tante. »

Jessica fulmine. Ses lèvres meurtries lui interdisent de chasser les deux abrutis avec des insultes appropriées. De toute façon, ils sont en train de sortir. Ils s'arrêtent saluer le fils qui garde le nez planté au fond du moteur.

« Vos parents vont bien ? demande le gros.

– Oui.

– Il y a longtemps qu'on ne les a pas vus.

– Ils restent dans la chambre du fond...

– Bien sûr, dit le petit en levant les yeux au ciel.

– On peut les voir ?

– Non.

– Bon, peut-être qu'on aura un mandat pour les voir quand on reviendra prendre les empreintes de madame... »

Ce même soir, Chloé se rend à la gendarmerie pour signer sa plainte et en profite pour demander quelques renseignements sur Jessica Bajolle.

« J'ai l'intention d'aller lui causer, explique-t-elle avec sa franchise habituelle.

– Ça servira à rien, lui répond le petit gendarme. C'est une sotte qui ne cherche qu'à attirer l'attention et à faire l'intéressante... Elle n'a jamais travaillé. Elle est tombée sur le fils Bajolle comme une hyène sur une charogne.

– Et comme ça ne lui suffit pas, elle a trouvé ce truc de végan et elle se prend pour la Lucie Aubrac de la cause animale, ajoute le gros qui vient de les rejoindre.

– Mais elle aurait aussi bien pu choisir la lutte pour l'abolition de l'avortement ou pour la sauvegarde du sable du Sahara... conclut le petit.

– Ah oui, je vois », murmure Chloé qui vient de renoncer à se rendre chez les Bajolle.

Chapitre 12

Cachez ces noirs que je ne saurais voir

Chloé va enfin faire sa première moisson. Il s'agit d'un tout petit champ comparé aux vastes étendues en contrebas, mais le devis de l'entreprise de moissonnage n'en est pas moins exorbitant : le déplacement est le déplacement, et chaque journée entamée est due en totalité ! Célia l'envoie promener. L'entreprise lui fait comprendre que tout peut s'arranger s'il y a une commande conséquente de phytosanitaire, car l'entreprise distribue aussi les produits Monsanto et Bayer. Célia l'envoie promener une deuxième fois.

Dans le même temps, Chloé a pris contact avec Mamadou. Dans son village, au Tchad, les gens moissonnent à la main, il sait le faire, le grand-père dit qu'il y a des outils de l'époque au fond de la grange. C'est décidé ! Mamadou et deux de ses amis s'attaquent au champ sous le regard intéressé du grand-père qui n'avait plus vu une telle chose depuis sa tendre enfance. Les hommes se sont noué un tissu autour de la taille, leurs corps noirs et musclés luisent sous le soleil, et ce tableau champêtre attire l'attention de Gérard, le postier qui fait sa tournée hebdomadaire. À midi, il en parle à l'instituteur avec lequel il déjeune tous les jeudis. Sans attendre le dessert, l'instituteur fonce vers la ferme de La Fage et aperçoit cette scène terrible, digne du temps des colonies, où trois noirs s'échinent, tandis que le maître blanc – ici le grand-père ! – appuyé sur sa canne les regarde. Son sang d'anticolonialiste et d'antiraciste ne fait qu'un tour. Il hésite à intervenir car les travailleurs sont maintenant en train de quitter le champ et de rejoindre la ferme où une grande table a été dressée dehors. L'instituteur part finalement rejoindre Gérard pour leur traditionnel double café-calva. Ils parlent bas, vérifient sans cesse que personne ne les écoute. Un quart d'heure plus tard, regonflé à bloc, l'instituteur enfourche son vélo et déboule à La Fage où le déjeuner se déroule dans une bonne ambiance. Chloé a fait des lentilles et des saucisses grillées. Tout le monde se régale, les femmes les ont rejoints avec du thé et des gâteaux. L'instit est un peu déstabilisé par la scène, mais se reprend vite, il ne va pas se laisser berner par ce paternalisme d'opérette. Lui sait l'exploitation des noirs, les bateaux des négriers bordelais, le commerce triangulaire, tout ce qu'il adore enseigner durant de longues semaines quand il mentionne, fier de sa liberté de pédagogue, Jeanne d'Arc en cinq minutes et Napoléon en trois minutes.

L'instit s'en prend vivement au grand-père qui ne comprend rien à ce qui se passe. Plus il parle, plus son indignation grandit. Consternée par tant de bêtise,

Célia laisse se déverser le flot des menaces. C'est Mamadou qui prend la parole pour calmer le défenseur de l'humanité. Rien n'y fait ! Il est bien connu que l'esclave est le premier défenseur de son oppresseur. Chloé finit par se lever, et le tire à l'écart pour lui parler. C'est comme ça, lui dit-elle, que les gens s'intègrent, en travaillant ensemble, en mangeant ensemble, en riant ensemble. En priant ensemble, ajoute-t-elle avec moins de conviction. Les rires qui fusent derrière elle agacent l'instit qui se replie en maugréant.

Célia propose deux heures de sieste et reprise du travail de seize heures à vingt heures quand le soleil sera moins haut. C'est au beau milieu de cette sympathique sieste où chacun a tiré un couchage de fortune à l'ombre des peupliers, qu'arrive maintenant M. le maire. On ne peut jamais être tranquille. Chloé vient à sa rencontre, l'entraîne à l'intérieur et s'attend à une avalanche d'ennuis.

« Nous ne sommes pas racistes, dit-elle d'emblée. Ni colonialistes, ni esclavagistes. Nous payons ces gens... mais avec de la nourriture et pas avec des billets de banque parce que nous n'en avons pas.

– Mais de quoi tu causes ? s'exclame le maire au comble de l'incompréhension.

– Ben euh... Je ne sais pas... C'est l'instit qui vient de nous faire une sortie...

– On n'a rien à faire de ce crétin… Il réfléchit jamais… Je sais pas comment il se débrouille mais il n'a que des idées toutes faites dans la tête. C'est pas pour ça que je suis là. »

Chloé pousse un long soupir de soulagement. À tort.

« Voilà, c'est un peu difficile à dire… C'est au sujet de ce que tu m'as demandé l'autre jour…

– Oui.

– Au sujet de ton mariage avec Célia…

– Oui.

– Eh bien, je vais pas pouvoir vous marier ici…

– Mais vous m'aviez dit que vous étiez d'accord !

– Oui, bien sûr. Moi ça me gêne pas mais il y a trois familles cathos qui tiennent le village, avec en plus un putain de curé polonais qui met pas de l'eau dans son vin, au sens propre et au sens figuré ! Ils sont indignés, outrés et je ne sais plus quoi, à l'idée qu'un mariage homo soit célébré dans la commune…

– Mais c'est légal.

– Oui mais à la libre conscience du maire… et parmi les cathos, il y a le notaire qui a dans son coffre plusieurs de mes reconnaissances de dettes… En fait, il me tient par les… Enfin tu me comprends.

– Mais comment on va faire ?

– Je sais pas… À La Villedieu, il y a un maire qui est comme vous, enfin un truc plus compliqué, un mec qui serait une nana, ou le contraire, enfin j'y comprends plus rien à tous ces trucs… Avant t'avais un zizi ou pas et la messe était dite. Maintenant faut se poser des questions sur tout ! »

Chapitre 13

De l'alexandrin et du SMS

À la fin de la semaine, Mamadou vient prendre les paniers de provisions qu'il a gagnés à la sueur de son front avec ses compagnons. Il sourit de contentement et accepte le verre de jus de fruit que Célia lui propose, mais il refuse de s'asseoir à la table.

« Je ne suis pas sûre, dit Célia, que nous pourrons continuer à t'embaucher. Nous risquons d'avoir quelques soucis avec l'administration car nous te payons avec de la nourriture. »

Elle sait que Gérard les a signalés à la Direction du travail. Le troc du travail est formellement interdit. Une procédure est en cours. Célia s'attend à une inspection surprise, sans être cependant trop inquiète. Il faudrait vraiment de la malchance pour que l'inspecteur du travail tombe sur un jour où Mamadou et ses amis fauchent, d'autant qu'elle va désormais privilégier les samedis et les dimanches. Mamadou, lui, est très étonné et s'en ouvre avec une certaine candeur :

« Les hommes travaillent pour pouvoir se nourrir
Sinon ils préfèrent ne rien faire et dormir.

– Je sais, Mamadou, mais les lois de ce pays sont ainsi faites parce que de nombreux patrons ne se comportent pas bien…

– Nous travaillons, sachez-le, chez vous avec plaisir
Et nous tous savourons l'honneur de vous servir. »

Touchée par la franchise de Mamadou, Célia promet de tout essayer pour continuer à les faire travailler. Mamadou la remercie, saisit un panier garni dans chaque main et sort avec une démarche chaloupée qui pourrait faire fondre Célia si on était dans une autre histoire.

Le grand-père, qui a silencieusement suivi la conversation, se gratte la tête.

« Il a une drôle de façon de parler, finit-il par dire. Je ne le comprends pas toujours très bien.

– C'est vrai mais c'est joli, ce doit être le rythme de sa langue natale, répond Chloé.

– Pas du tout, dit Célia souriante. Ce sont des alexandrins…

– Ah ! marmonne le grand-père.

– C'est la métrique employée dans le théâtre classique français. Dans les pièces de Molière, de Racine, de Corneille…

– Mais comment il peut parler comme ça ? Moi je sais même pas ce que c'est… »

Célia se met alors à leur expliquer pourquoi Mamadou s'exprime de cette étrange mais fort belle manière :

« Il m'a raconté l'histoire de son prof de français, dit-elle. Un homme qui s'était réfugié au fin fond de l'Afrique, pour ne plus avoir à mettre de bonnes notes à des copies illisibles bourrées d'émoticônes... Émoticônes qui dénotaient selon l'inspection d'académie une réelle créativité. Et dans son village du Tchad, loin de tous les grands pédagogues qui détestent se trouver face à des élèves, ce brave professeur s'était autorisé Molière et Racine du premier au dernier jour de l'année scolaire !

– Que c'est drôle ! s'exclame Chloé.

– Mamadou m'a dit qu'ils sont plusieurs générations dans son village à manier l'alexandrin aussi bien que mon neveu manie les abréviations de SMS... Chacun a ce qu'il mérite !

– Pourquoi ce serait mieux de manier des alexandrins plutôt que des SMS ? demande Chloé.

– Pourquoi ce serait mieux de manger une tranche de bon jambon affiné que de mordre dans le muscle sanguinolent du porc ? »

Chapitre 14

De la musculation à la radicalisation

Le gros gendarme arrive seul à la ferme de La Fage, ce qui est rare car les pandores comme les perruches vont en général par deux. Il est en civil, ce qui est encore plus rare, mais Maurice – c'est son petit nom – est en repos et vient à titre personnel, ce qui est encore plus rare encore. Il n'y va pas par quatre chemins :

« Voilà, dit-il, j'ai un petit service à vous demander…

– À quel sujet ? demande poliment Célia.

– Au sujet du fils d'Aïcha… »

Célia fronce les sourcils.

« Aïcha de Veolia ? » demande le grand-père.

Maurice hoche la tête et reprend à l'intention de Chloé et Célia :

« Aïcha vit au village depuis cinq ans, elle travaille à la station de pompage. Elle a trois enfants et son mari est reparti en Algérie où il a une deuxième épouse.

– Et alors ?

– C'est son aîné, Bilal, il a seize ans… On nous a signalé qu'il s'était radicalisé. »

Maurice a lâché ces derniers mots à voix basse. Il n'a pas le droit de dévoiler une telle information, c'est pour cela qu'il est venu en civil, mais en même temps, il pense qu'il faut faire quelque chose pour aider Aïcha. Il explique que ce gosse est livré à lui-même avec une mère qui travaille dur et un père qui a toujours été absent même quand il était là.

« À tout ça, tu ajoutes ces satanés écrans et ces foutus réseaux sociaux… Ça s'est fait en trois mois ! Et maintenant, il va au club de musculation de Saint-Urcisse qui est tenu par les intégristes.

– Et alors ? demande Chloé qui ne voit pas où le gendarme veut en venir.

– C'est pas un mauvais gosse, mais personne ne le regarde, il n'existe pas, alors les faux dévots musulmans en profitent… Ils lui disent qu'il est important, qu'il est un type bien, qu'il a une mission, que les camarades l'attendent, que les femmes aiment les héros et toutes ces conneries…

– Et le gamin plonge, murmure le grand-père. De mon temps, c'étaient les types de la milice qui ratissaient les campagnes et recrutaient les paumés…

– En même temps, ajoute Célia visiblement remontée, les pères se défilent et les gamins sont scotchés à des médias qui encensent des abrutis, qui balancent des films pornos, qui glorifient les riches et méprisent ceux qui suent pour un SMIC… Que veux-tu qu'ils fassent devant ces démissions en cascade ? »

La sortie de Célia laisse tout le monde sans voix. On ne la connaissait pas sous ce jour. Le grand-père a une mimique étonnée. Pour lui, pas de doute, la petite a un compte à régler. D'ailleurs, elle poursuit sur le même ton :

« La société de consommation et la publicité flattent nos pulsions les plus basses… mais l'homme a aussi besoin de grandeur et de transcendance. Les démagogues religieux l'ont bien compris. Ils offrent à ces gamins de la grandeur de pacotille et de la notoriété en kit.

– Une kalachnikov et des vierges, soupire Maurice.

– Si ces gamins étaient forts, ils enverraient bouler tous ces religieux fanatiques qui jouent les modèles de vertu mais qui n'aiment que le pouvoir, l'argent et le sexe…

– Peut-être, dit Chloé, mais c'est pas nous, à Miredon, qui allons changer…

– Non, la coupe Maurice. On ne va pas changer le monde, mais on peut essayer de sortir Bilal des griffes des islamistes… Au moins pour sa mère qui est une femme méritante, et pour ses deux petites sœurs.

– Pourquoi tu nous en parles ? » demande le grand-père.

Maurice finit par avouer en avoir parlé à l'instituteur, au maire et même au curé polonais… et n'avoir reçu que des fins de non-recevoir.

« Ça m'étonne de Trotski », s'exclame Chloé qui n'a pas digéré les insultes de l'instituteur.

Il se trouve que l'instituteur, Rémi de son petit nom, ressemble au chef de l'armée rouge. Mêmes petites lunettes rondes cerclées de fer, même air frustré, même expression sévère. C'est un militant appliqué qui se voudrait grand dirigeant plutôt qu'enseignant. En outre, contrairement à la majorité de ses collègues qui se battent pour la réussite de leurs élèves, il déteste les enfants. Lui, ce qui l'intéresse, c'est l'Égalité et la Liberté ; il est moins à l'aise avec la Fraternité. Il milite en faveur du « bac pour tous », de la liberté de porter le voile, de l'égalité homme-femme, de l'éradication des plus riches que lui, de la repentance… Bref, pour toutes les valeurs de la gauche moderne.

« Ce grand humaniste, réplique Maurice, ne voit pas de quel droit on entraverait la liberté de Bilal ou celle des religieux.

– Et le maire ?

– Le maire, il ne peut pas grand-chose… sauf à prévenir la police mais là on commence à tourner en rond.

– Et le curé ?

– Le Polonais est pire que tout ! Il veut lancer une croisade pour libérer l'Occident. »

Le grand-père remplit les verres en soupirant.

« Y aurait que Gérard, poursuit Maurice, pour donner un coup de main… Il est aussi de gauche mais d'une autre trempe que l'instit. Tous ces trucs sur les *queers*, l'égalité totale, le bac pour les illettrés… ne le touchent pas vraiment. Il sait très bien qu'il faut de la hiérarchie, que les mecs et les nanas à La Poste c'est pas pareil, que les avantages sociaux, ça s'obtient à la force du poignet.

– Et alors ?

– Il est prêt à prendre Bilal dans l'équipe de foot de La Poste… même si c'est pas légal. Deux entraînements par semaine et match le dimanche matin ! Ça fera des heures en moins devant Internet…

– Qu'attendez-vous de nous ? demande Célia qui commence à se lasser de ce préambule interminable.

– Que vous embauchiez Bilal deux jours par semaine, le jeudi et le vendredi, que vous le fassiez bosser dur et qu'il revienne dans la réalité !

– Mais on n'a pas les moyens de verser un salaire, réplique Célia. En plus, on a la Direction du travail sur le dos depuis la dénonciation de Gérard.

– Ça, ça va peut-être se régler… On a fait un rapport disant que nous n'avions remarqué aucun travail au noir sur votre ferme.

– Merci, mais pour Bilal… Il ne va pas vouloir être payé avec des œufs et des carottes.

– Donnez-lui un peu d'argent de la main à la main. On le prendra sur le fonds d'aide sociale de la commune, M. le maire est d'accord… Et vous lui bottez les fesses s'il ne fout rien… De la considération, de l'affection et des coups de pied au cul !

– Et pourquoi le jeudi et le vendredi ?

– Parce que le jeudi, il va à la musculation chez les dévots intégristes, et le vendredi à la mosquée où prêche ce taré de Tariq. »

Le grand-père approuve. Chloé et Célia se taisent et réfléchissent. Précisons pendant ce temps qu'il s'agit de l'imam Tariq, un barbu en babouches et en djellaba blanche aux taches de café au lait près. Un homme modéré et profondément respectable pour notre Trotski qui défend l'islam et ne cesse de clamer la grandeur et la bienveillance de cette religion. Un fou furieux haineux pour Gérard qui a une vague traduction des interventions de l'imam par Mouloud de La Poste de Saint-Urcisse. Gérard dit que le but suprême de Tariq est d'imposer la charia dans le canton même si ça doit prendre vingt ans, quand Rémi prétend que Tariq est un homme de consensus avec lequel on se doit de trouver des lignes de partage pour respecter la liberté de chacun. Rémi pense même que Tariq est pour une charia adoucie où il n'est plus question de lapider ou d'emmurer la femme adultère, mais juste de l'empêcher définitivement de sortir de son foyer, ce que toute bonne musulmane peut accepter de son plein gré.

« On va embaucher Bilal, conclut Chloé.

– Merci », dit Maurice.

Chapitre 15

Pour être promoteur, il n'en est pas moins voleur

Le rendez-vous a été fixé à quatorze heures vingt ce qui n'arrange personne, mais les gens de la ville aiment fixer des horaires précis, quitte à ne pas les honorer à cause des embouteillages. Le promoteur, lui, arrive à l'heure dans une énorme Mercedes noire, aux vitres teintées, signe évident de son importance. Il se gare sur la place, devant la mairie, et son chauffeur, après quelques secondes de suspens, descend lui ouvrir la porte. À la fenêtre du premier étage, Jacqueline, la secrétaire de mairie, suit la scène et en est toute retournée. L'homme est grand, avec des cheveux grisonnants peignés en arrière, il porte un costume de bonne facture, une chemise blanche impeccable et une cravate bleue sans fantaisie. Il est accompagné d'un homme à la même allure, mais un peu plus petit.

Bernard de La Rozière a ses bureaux à Paris, il est membre du Medef, à la tête d'un holding financier qui s'est récemment diversifié dans les maisons de retraite et les stades de football. Sa carte de visite, qu'il distribue toujours avec largesse, déborde de titres, de fonctions, de décorations et d'honneurs de tout ordre. À la mairie de Miredon, on n'en avait jamais vu de pareille !

Le promoteur salue tout le monde avec une certaine froideur, glisse sa carte dans la main de chacun, présente rapidement son acolyte. L'homme est un leader, il se racle la gorge et, sans plus attendre, commence à exposer son projet. Il s'agit d'un nouveau concept de maison de retraite, qui serait constitué de grappes de petites maisons de trois pièces avec, en central, un restaurant, un pressing, un office de ménage, le bureau des infirmières... Bref, chacun chez soi et des services pour tous !

Le maire, entouré de son adjoint et de Jacqueline, l'écoute avec attention. Ce n'est pas tous les jours qu'on vient leur proposer un concept révolutionnaire... Après vingt minutes d'une brillante présentation parfaitement rodée, le promoteur dit qu'il pourrait s'intéresser aux terrains de la commune situés en face de l'étang, lequel offrirait un paysage reposant aux retraités. Il ajoute qu'il a avec lui de nombreux investisseurs privés, dont deux ou trois noms du CAC 40 – autour de la table personne ne sait exactement de quoi il retourne, mais on est très impressionné –, et qu'il compte compléter son montage financier avec des subventions du département, et peut-être de la commune qui sera intéressée pour accueillir une maison de retraite du XXIe siècle. Il signale en passant, sans les nommer, qu'il a trois communes très à l'écoute, mais que Miredon, de par son étang, lui semble avoir le plus grand potentiel.

Le silence qui règne dans la salle est total. Le maire se gratte la tête, son adjoint trépigne d'impatience. Seule Jacqueline tente une timide opposition :

« Ça a l'air bien, mais ça va coûter cher aux résidents qui viendront s'installer… et on sait bien que les retraites vont baisser, et que les EHPAD traditionnels vont avoir du mal, dans les prochaines années, à trouver des clients solvables… »

Le promoteur lève un sourcil agacé et fait un signe à l'homme qui l'accompagne. Ce dernier se présente : il est consultant en stratégie de développement, agrégé en sciences sociales et expert sur BFM TV, ce qui sidère l'assistance. Parce qu'ici, on aime bien les journalistes de BFM TV qui n'hésitent pas à dire ce qu'ils pensent et à donner des leçons… On s'indigne comme eux, à l'heure de l'apéro, et comme eux, on n'est pas gêné de dire l'inverse de ce qu'on a prétendu la veille en s'indignant tout autant. Comme eux encore, on peut parler de tout et de rien des heures durant, juste pour enchaîner les tournées.

Évidemment, le consultant sort des chiffres de sa poche et ne fait qu'une bouchée de la mère Jacqueline qui hoche la tête et n'ose plus rien dire… Le promoteur, grand défenseur de l'entreprise et de l'ultralibéralisme, reprend la parole pour conclure que de toute façon il y aura des aides publiques, des subventions des caisses de vieillesse, et d'autres dispositifs qui permettront l'accès à ces nouveaux produits que la population attend. Il enchaîne avec la liste impressionnante des avantages pour la commune qui accueillera le projet : hausse du nombre de taxes d'habitation, création d'une trentaine d'emplois, installation d'entreprises de proximité, tourisme familial… C'est encore Jacqueline qui casse l'ambiance en demandant quelles seront les contreparties et les contraintes qui découleront de l'implantation de cette maison de retraite.

« Les contreparties, chère madame, sont peu nombreuses et bien modestes en regard des avantages. Mon holding attend la cession des terrains nécessaires ou *a minima* un bail emphytéotique de quatre-vingt-dix-neuf ans, la prise en charge des rues du lotissement, et bien sûr une privatisation de l'étang au seul usage des résidents, ou tout au moins des berges sud et est. L'étang sera transformé en plage qui aura un accès public sur le côté nord et qui deviendra une attraction touristique dont la commune retirera les fruits… »

Déjà le promoteur repart, il a un autre rendez-vous avec une municipalité voisine dont il se garde bien de donner le nom, il glisse juste une sorte d'ultimatum en serrant la main du maire :

« On souhaiterait avoir votre réponse de principe, ou une tendance forte, rapidement… Disons dans les quinze jours qui viennent. »

Son ami consultant dit qu'il a une chronique ce même soir, à 22 h 05, sur BFM. Sûr que tout le monde va le regarder.

À peine la porte s'est-elle refermée que le maire lâche une longue grimace dubitative. Jacqueline lève les épaules, tout cela ne lui dit rien qui vaille ! Seul l'adjoint affiche un enthousiasme débordant, il est presque furieux de voir l'apathie du maire, quant à l'autre bécasse – il n'a jamais pu encadrer Jacqueline qui est une cousine éloignée de sa femme – il ne veut même pas lui parler.

« Mais enfin, s'exclame-t-il. On ne peut pas laisser passer un truc comme ça ! Ça tombe du ciel et pour une fois que ça tombe sur nous ! On va enfin pouvoir être moderne, donner du boulot aux jeunes, faire râler les villages voisins, remplir les caisses... Ne dis pas qu'on n'a pas besoin de fric... Tu es toujours à pleurer qu'on ne peut pas investir...

– Avant de toucher, on va devoir lui filer de bons terrains...

– Dont on ne fait rien...

– Mais les générations à venir seraient contentes... murmure Jacqueline.

– Jacqueline, tu es secrétaire, alors tu notes et tu la fermes. Tu n'as pas le droit de débattre avec les élus. Moi je veux qu'on aide les gens du troisième âge. Dans le journal, ils ont dit que c'était une cause nationale. La manière dont on traite les vieux est indigne d'une grande nation comme la France. Moi je dis qu'il est temps de réagir. »

Le maire regarde son adjoint avec stupéfaction : il ne l'avait jamais vu aussi excité. D'habitude, il est du genre à ne s'intéresser à rien, et en particulier pas à l'économie, au développement, pas aux vieux, pas à l'innovation. Peut-être un peu à l'équipe de foot. Le maire est de plus en plus dubitatif et il se sent seul. Terriblement seul.

Chapitre 16

De l'annonce faite au grand-père

Il faut bien que Chloé parle à son grand-père. Cela fait des jours qu'elle repousse, mais elle doit y aller. Ne pas s'échapper une nouvelle fois. Son grand-père va trop souvent au bar-tabac pour n'avoir pas entendu la rumeur. Durant ces six derniers mois, Chloé a compris que tout se sait à Miredon. Elle choisit un moment favorable, après un repas réussi, alors que Célia a rejoint la chambre installée en bureau et qu'elle farfouille sur Internet depuis deux jours sans rien vouloir dévoiler de ses recherches.

« Il faut que je te dise quelque chose qui va peut-être un peu te surprendre…

– Ah bon, maugrée le grand-père.

– Peut-être beaucoup te surprendre et te déplaire…

– …

– C'est un peu difficile à dire…

– Je vois ça.

– En fait…

– Oui ?

– Voilà… je suis avec Célia.

– J'ai bien vu.

– Je veux dire que Célia est mon amoureuse… et que je suis amoureuse de Célia… et qu'on a l'intention de se marier.

– Ah ! dit le grand-père.

– Ça te gêne ?

– Non ! Je m'en fous… c'est pas mes oignons !

– Tant mieux. »

Le grand-père réfléchit un instant.

« Il y a tout de même quelque chose qui me gêne… finit-il par lâcher.

– Quoi donc ? Ce que vont dire les gens ?

– Non. Il y a bien longtemps que je me moque de ce que pensent les gens.

– Alors c'est quoi ?

– Les enfants. Tu n'auras pas d'enfant, tu n'auras personne à qui transmettre les terres…

– Mais si… Bien sûr que si.

– Tu vas en adopter ?

– Non, je vais en faire un… ou Célia. On n'a pas encore vraiment décidé. »

Devant l'air étonné du grand-père, Chloé se sent obligée de fournir quelques explications.

« On va passer par la PMA, la procréation médicalement assistée… On va introduire un de mes ovules fécondés dans mon ventre et je le porterai.

– Ah, dit le grand-père. Comme le vétérinaire avec les vaches… »

Chloé est estomaquée par la comparaison, mais essaie de n'en rien montrer. Elle n'avait jamais pensé à ça, mais lui revient l'image de ce vétérinaire qu'elle voyait parfois l'été quand elle passait ses vacances à la ferme. Un homme fort et poilu, qui enfilait un long gant en plastique et enfonçait son bras dans le cul de la vache pour y faire ses affaires. Cette image l'avait troublée et elle l'avait longtemps chassée de son esprit, mais la retrouver au sujet de sa propre vie la fait frissonner. Elle se rappelle que ses grands-parents avaient mis le téléphone pour ça, pour appeler le vétérinaire quand une vache était prête. Le répondeur ânonnait avec une voix rocailleuse : « Ici Martin, vétérinaire inséminateur. Si c'est pour une vache, donnez votre nom, le nom de la vache, le début de la chose. »

Dans ce silence un peu gêné, déboule Célia avec un large sourire :

« Je l'ai !

– Quoi ?

– Deux jours que je la cherche… mais je l'ai… On va la recevoir la semaine prochaine.

– Mais quoi ?

– La pompe.

– Quelle pompe ?

– La pompe du Massey Ferguson AT 509…

– Oh, nom de Dieu ! s'écrie le grand-père qui semble plus ému par la pompe que par la PMA.

– Je l'ai trouvée chez un fermier du Nevada. Il la démonte et il nous l'envoie. Cent cinquante dollars.

– On fête ça ! Va chercher l'armagnac. »

La bouteille sort de sa cachette et remplit trois petits verres qui s'entrechoquent bruyamment dans la bonne humeur. On avale d'un coup sec, selon la tradition, et on remet une tournée pour la dégustation. C'est alors que le grand-père regarde les deux jeunes femmes et dit à haute voix :

« Vous faites un beau couple ! »

QUATRIÈME PARTIE

Les plaintifs

Chapitre 17

Du succès et de ses complications

En ces premiers jours de septembre, la fraîcheur commence à gagner les soirées et Chloé a allumé le premier feu de l'année. Pour le plaisir et le réconfort que les flammes apportent à ceux qui ont tendance à s'éteindre… Il faut dire que Chloé et Célia sont abattues par tout ce qui leur est tombé dessus ces dernières semaines. Elles ont parfois l'impression d'être entourées de gens généreux qui se battent pour les grandes causes de l'humanité et de n'être elles-mêmes que de minables exploitantes qui se tuent à faire tourner une ferme étriquée sans voir plus loin que l'horizon de Miredon. Le grand-père sourit souvent de les entendre mais préfère se taire.

C'est dommage parce qu'économiquement leur affaire commence à marcher. Le bilan des cinq premiers mois dépasse leurs espérances. Elles ont bénéficié d'une météo favorable, mais aussi de leur engagement constant. Elles n'ont compté ni les heures ni la fatigue. Elles écoulent la moitié de leur production dans les circuits courts qu'elles ont laborieusement mis en place. Elles vivent déjà en partie de leur récolte, ce n'est pas encore parfait mais il est évident que l'année prochaine elles seront en totale autonomie alimentaire. Elles dégagent assez de surplus pour nourrir honorablement ceux qui viennent travailler avec elles. Enfin, il leur arrive d'avoir des excédents qu'elles redistribuent à leurs voisins, ou qu'elles cèdent quelquefois, pour presque rien, à la coopérative de Pondeville, histoire de payer les bouteilles de gaz.

À l'étable, Pompon s'entend bien avec les deux vaches qui donnent un peu de lait. Deux chèvres – un cadeau de fiançailles des parents de Célia – complètent la ménagerie et permettent de fabriquer de délicieux petits fromages.

Ces bons résultats n'étaient pas attendus, comme quoi il y a aussi de bonnes surprises dans l'amoncellement des mauvaises nouvelles. L'autre bonne nouvelle est l'arrivée du colis du Nevada avec la pompe du Massey Ferguson ! Le vieux tracteur est reparti, après quelques toussotements, tel un fringant jeune homme. Le grand-père en a été bouleversé. D'ailleurs, chaque fois que le tracteur sort, il se pointe au bord du champ et contemple sans se lasser les allées et venues de l'engin. Chloé l'économise, elle ne l'utilise que pour les tâches pénibles qui épuisent Pompon. De son côté, Célia a troqué son Audi contre une fourgonnette Peugeot qui marche au méthanol.

Les comptes sont encore dans le rouge, mais loin du déficit initialement prévu pour la première année. Célia ne le dit pas, mais si la marque « BioBio » qu'elles viennent de lancer avec de petits moyens perce dans la région, alors leur affaire sera un vrai succès. Le grand-père n'a pas compris l'intérêt de la chose. On lui a expliqué trois fois puis on a renoncé. On lui a dit que ce n'était pas important, et il a répliqué qu'il n'a jamais rien compris à la réclame.

Célia a aussi pris le temps de démarcher les écoles primaires du canton pour avoir quelques visites scolaires avant l'hiver. Elle a également mis au point des stages « Nature et traditions » pour apprendre aux citadins les gestes de la campagne. Chloé était hésitante mais Célia lui a juré que ça allait marcher comme sur des roulettes, qu'elle avait animé des dizaines d'ateliers de partage quand elle était aux télécoms.

Tout pourrait donc aller bien s'il n'y avait la menace d'un procès de Ducasse et d'une procédure de la Direction du travail qui risquent de faire des dégâts : elles n'ont aucune réserve pour payer une amende ou un avocat ! Il y a aussi les bois communaux qui ne leur ont toujours pas été ouverts, la sourde et permanente menace végane, et cette rumeur au sujet d'un projet de maison de retraite qui empêcherait de prendre l'eau de l'étang pour faire boire les bêtes… Restent enfin les incessants propos fielleux de l'instituteur, et Bilal qui pourrit systématiquement l'ambiance de la ferme chaque jeudi et chaque vendredi. L'adolescent supporte mal d'être commandé par deux femmes, car il n'a toujours pas abandonné l'idée que toutes les femmes sont des putes, qu'Allah a ordonné le djihad et que mourir en martyr, c'est pas de la gnognote. Chez lui, il impose le voile à sa mère et à ses sœurs, et il croit tout ce que disent les voix qu'il entend sur les réseaux sociaux – comme quoi Miredon n'est pas si loin de Domrémy. Chloé n'arrive pas à lui faire admettre que tous les blancs ne sont pas racistes, que les musulmans veulent vivre en paix, que les femmes sont des êtres humains comme les hommes et que les bons et vrais dévots ne sont pas sur les réseaux. Que les fanatiques de la Compagnie du Saint-Sacrement sont aussi idiots que les fous d'Allah, et que si tout le monde se calme, on pourra cohabiter… Mais la route est longue.

Chapitre 18

Les enfants débarquent, les parents aussi

C'est le jeudi 20 septembre après-midi qu'arrive tout droit de la préfecture, triomphant et chahutant, le premier car scolaire avec vingt-huit petits écoliers de CM2, trois accompagnatrices et quatre parents d'élèves venus en renfort.

La classe descend et s'éparpille aussitôt dans les quatre coins de la ferme. Ça court, ça s'ébroue plusieurs minutes durant. Les institutrices laissent faire, il faut bien que ces petits anges, qui sont restés attachés dans le bus durant vingt minutes, se défoulent.

Chloé regarde les bambins avec émotion, tandis que Célia et le grand-père ont préféré se terrer à l'intérieur, loin des cris et des hurlements. Après la récréation, il est temps de passer à dix minutes de pédagogie. Visite de l'étable, visite du poulailler, visite des cages à lapins où, le matin même, le grand-père a enfermé un lièvre qu'il a pris au collet comme au bon vieux temps. Tout cela finira en civet mais on n'en est pas là. On en est au moment où les têtes blondes s'extasient sur les longues oreilles du lièvre. On passe ensuite aux biquettes que quelques privilégiés ont le droit de traire avec Chloé.

Tout se passe très bien. On aborde maintenant le parcours que Célia a mis en place le matin avec des cerceaux de couleur et des cordes : il faut grimper, sauter, courir, traverser un petit bois, arriver avant les autres… Bilal suit les opérations et veille avec sérieux à ce qu'aucun gamin ne se fasse mal. C'est Kévin qui arrive le premier, devant Arthur et Ethan. Chez les filles, Angèle a devancé Léonie et Jamila. L'une des institutrices regrette que l'on ait séparé les garçons des filles, mais n'insiste pas. Vient ensuite le carré à planter, c'est encore une idée de Célia.

« Voilà, les enfants, ici ce sera le carré de la classe de CM2 de l'école George-Sand de Pondeville. »

Il y a en effet un petit écriteau avec le nom de la classe et la photo de l'école prise sur Internet.

« Vous allez chacun prendre une graine de tournesol qui est dans le seau et la planter… Vous faites un petit trou, vous posez votre graine, puis vous la recouvrez de terre… Et au printemps, si votre institutrice est d'accord, vous pourrez revenir voir comment vos plantes ont poussé. »

L'idée provoque des cris de joie, tous veulent revenir, on reviendra, c'est promis. Célia n'est pas un as du marketing pour rien !

Il est presque seize heures trente, une table a été dressée devant la ferme, des crêpes sont servies aux enfants avec des boissons rafraîchissantes, des carafes d'eau où marinent des écorces de citron depuis le matin. Tout le monde est ravi. Les institutrices remercient Chloé, lui confient qu'elles ne sont pas toujours aussi bien accueillies dans les fermes et les musées, et qu'elles ne manqueront pas de le mentionner dans le compte rendu qu'elles doivent faire au rectorat. Les parents d'élèves sont plus réservés, sans doute parce que peu rodés aux activités d'éveil extrascolaires, ou plus simplement surpris par ce gracieux épisode de vie campagnarde.

Quand le bus démarre, Chloé adresse des au revoir de la main à tout ce petit monde qui lui répond chaleureusement. Puis elle rentre, tout excitée, raconter à Célia sa magnifique après-midi. Elle garde le meilleur pour la fin :

« Ça ne m'étonnerait pas que l'on reçoive une lettre de félicitations du rectorat dans les prochains jours et aussi que les visites se multiplient.

– Super, dit Célia. Trois cents euros de cash en une après-midi… si on peut le faire souvent, ça va nous aider. C'est la facture de fuel réglée en une seule fois !

– Les vaches ont impressionné, et le lièvre aussi », ajoute Chloé en direction du grand-père qui ne peut dissimuler un petit sourire de satisfaction.

Trois jours plus tard, elles ont en effet une lettre de la directrice de l'école qui les remercie vivement pour l'accueil qu'elles ont réservé aux enfants et pour le travail préparatoire « qu'on ne trouve pas si souvent lors des visites scolaires ». Huit jours plus tard, c'est une lettre du rectorat. Chloé attend la fin du déjeuner pour l'ouvrir et la lire à haute voix. Et là, c'est la douche froide. Glacée même…

Madame,

Comme suite à la visite de la classe de CM2 de l'école George Sand, dans le cadre de l'opération « Ferme verte » pour laquelle vous avez obtenu l'agrément n° 154-81, nous vous informons que nous avons reçu deux lettres de plainte de parents d'élèves.

La première lettre fait état de crêpes servies aux enfants, crêpes qui auraient été fabriquées dans une cuisine et non dans un atelier aux normes alimentaires du Règlement n° 852/2004, ainsi que d'eau fruitée avec des écorces dont la provenance n'a pas été indiquée. Il est par ailleurs signalé un parcours où les enfants auraient pu s'égarer, une simple corde pour border l'accès à l'étang et non une barrière en matériau dur de 1 m 60 de hauteur et aucune alarme dans l'étang pour signaler une éventuelle chute. La deuxième lettre s'étonne du non-respect des règles d'accessibilité handicap qui doivent être appliquées dans tous les établissements recevant du public.

En conséquence, vous trouverez ci-joint un PV d'interdiction des aliments non homologués (les aliments achetés dans le supermarché de votre choix et ouverts devant les parents sont évidemment acceptés) et une mise en demeure de sécurisation de l'étang. Vous recevrez dans les prochains jours la visite de Mme Denise Lelieu de la Commission Handicap qui dressera les aménagements nécessaires si vous voulez conserver le label « Ferme verte » et continuer à travailler avec l'Éducation nationale.

Nous vous prions d'agréer, Madame, l'expression de nos respectueux hommages.

Le Directeur des activités d'éveil.

Chloé est atterrée, elle en pleurerait de rage. Célia qui connaît mieux la musique reste de marbre. Quant au grand-père, il dit :

« C'est vrai que c'est idiot de faire des crêpes dans une cuisine, on devrait les faire dans l'étable. »

Chloé ne l'entend pas. Elle a un passage à vide, comme on dit. La sensation de dévaler sur la pente glissante d'un gouffre. Elle se demande si on ne lui a pas jeté un sort, et d'autres choses peu reluisantes pour une cartésienne de sa trempe. C'est seulement plus tard dans la soirée, dans les bras de Célia, qu'elle retrouvera un peu de gaieté.

« Tu sais ce qu'on va faire pour les crêpes et la barrière de l'étang ? lui dit Célia.

– Non, je ne sais pas…

– Eh bien, on va rien faire… Et tu sais pourquoi ?

– Euh non.

– Parce que ces fainéants ne viendront jamais voir ce qu'on a fait ou pas… On va leur envoyer des photos bidons…

– Tu crois ?

– Mais oui, ils s'en foutent complètement. Ce qu'ils veulent c'est ne pas avoir d'ennuis si un gosse a un accident… Ils se foutent qu'un gosse crève dès lors que ça ne leur retombe pas dessus… Et nous, c'est le contraire ! Alors on va augmenter la surveillance avec Bilal et ses copains, plutôt que mettre des barrières que n'importe quel enfant finira par sauter…

– Tu as raison… Mais pour les parents ?

– Je vais écrire aux écoles pour dire que notre charte interdit les accompagnateurs qui ne sont pas agréés par l'Éducation nationale… et qu'on a des gens sur place pour aider.

– C'est bien… Et pour le handicap ?

– Là, ça risque d'être plus compliqué car en général les contrôleurs se déplacent et ils sont plutôt du genre tatillon. »

Chapitre 19

Portrait de Denise Lelieu en acariâtre

Denise Lelieu déboule en effet quelques jours plus tard sans prévenir. Elle est seule, son assistante est en arrêt maladie, elle n'a pas voulu attendre car elle a senti un bon dossier où elle pourra faire éclater son talent. Mais il faut présenter Mme Denise Lelieu car c'est elle qui va passer une après-midi entière avec son fauteuil roulant à traquer les endroits où par malheur – en fait par immense jouissance pour elle ! – son chariot ne passe pas, à mesurer la largeur des toilettes, la hauteur des éviers. Bref à éplucher le moindre alinéa du règlement qui fait environ deux cent quatre-vingts pages.

Mme Lelieu a la soixantaine. Elle est acariâtre et désagréable depuis sa plus tendre enfance. Il lui faut casser, contredire, houspiller. Évidemment son accident, survenu vingt ans plus tôt, n'a rien arrangé. Un accident de voiture, à la sortie d'un virage verglacé, sa voiture a glissé et s'est encastrée dans un platane. Sa colonne vertébrale a été touchée et elle s'est retrouvée bloquée dans un lit. Pas de sensations, les jours qui passent et la sensibilité qui ne revient pas : elle a quarante ans et son existence vient de basculer. Ce sera le fauteuil roulant à vie.

Elle doit vendre son appartement, en acheter un autre, il n'y a personne autour d'elle pour l'aider. Pas d'enfants, elle n'en a pas voulu, des crétins qu'il faut nourrir tous les jours et qui vous quittent quand vous commencez à vraiment avoir besoin d'eux. Analyse assez juste si l'on prend en considération qu'elle ne voulait rien avoir à faire avec ses propres parents déjà âgés et trop pauvres pour l'aider. Elle avait essayé d'amadouer son ex-mari. En vain. Le bonhomme l'avait fuie après seulement six mois de vie commune et il savait que Denise, handicapée ou pas, était avant tout un insupportable tyran égocentrique. Bizarrement pourtant, le handicap l'a adoucie. Elle s'est apaisée intérieurement, elle est charmante avec les gens qui la soutiennent, et sa manie de bougonner sur tout s'est concentrée sur un seul sujet : les non-handicapés. Elle les déteste, elle en a fait une cause, une raison de vivre !

Des associations l'ont aidée, elle a pu s'installer dans un appartement en rez-de-chaussée donnant sur une jolie cour intérieure et gagner trois procès. Contre la DDE (Direction départementale de l'Équipement) accusée de n'avoir pas dessalé le tournant, contre la commune qui, en 1920, avait planté le platane trop près de la chaussée, contre Citroën au prétexte que l'alerte sonore signalant le non-bouclage de la ceinture de sécurité était trop faible. Forte de ces victoires, elle s'est investie dans toutes les associations, jusqu'à devenir présidente de « Vivre son handicap » et bien sûr membre à part entière de la Commission du SDIS (Service départemental d'incendie et de secours), ce qui lui permet de terroriser et d'assouvir ses rancœurs d'enfant avec une tartufferie que personne n'ose dénoncer tant la cause du handicap est par ailleurs légitime et louable.

À la ferme de La Fage, elle ne demande rien et circule comme si elle était chez elle. Chloé et Célia se gardent bien d'aller la voir, elles savent que ça ne servirait à rien, qu'elle ne se laisserait ni amadouer, ni convaincre. Donc tout le monde vaque à ses occupations. Il y a bien le grand-père qui jette des seaux d'eau sur le passage limoneux qui descend à l'étang, Célia se demande pourquoi, mais ne cherche pas à élucider cette étrange toquade. Elle comprendra plus tard, quand le fauteuil roulant de Denise s'embourbera, qu'elle criera à l'aide et que personne ne l'entendra hormis les vaches qui se fendront d'un meuglement poli mais agacé à chaque hurlement de Denise.

« Qu'est-ce qu'on en fait ? demande le grand-père alors que le soleil commence à décliner à l'horizon et que la vieille sorcière a déjà passé une heure plantée dans l'ornière du chemin de l'étang.

– Je ne sais pas, répond Célia avec un petit sourire en coin. Les nuits commencent à être fraîches… il ne faudrait pas avoir ça sur la conscience.

– Je vais aller faire boire les vaches et la sortir de là », décide Chloé.

C'est ainsi que Chloé fait l'étonnée : mais que faites-vous là ? Qui êtes-vous ? Ça fait longtemps que vous appelez ? L'autre ne s'y trompe pas, elle hurle et menace. Chloé essaie de pousser le chariot, sans trop forcer car les insultes pleuvent… Elle finit par dire qu'elle va aller chercher le cheval et les rênes. Elle revient dans cinq minutes, qui font vite quinze minutes, avec Pompon qui se sent soudain, allez savoir pourquoi, une âme de trotteur tirant son sulky dans la dernière ligne droite du Prix de l'Arc de Triomphe. Denise est projetée dans la boue après à peine un mètre…

Chapitre 20

Le conseil municipal se déchire

Le grand-père a envie d'aller à la réunion du conseil municipal. Autrefois, il y allait souvent. Il propose à Célia de l'accompagner, car elle comprendra certaines choses mieux que lui. Quant à Chloé, elle s'énerve et se décourage trop vite pour ce genre d'exercice. Mieux vaut qu'elle ne vienne pas !

L'ordre du jour de la réunion comporte quatre points. Le premier concerne le monument aux victimes de guerre, qui avait été à l'origine le monument des héros morts à la guerre. En fait, le nombre de tués en 14-18 tient sur deux faces de la colonne de marbre gris, la troisième face honore ceux de la guerre de 40, d'Indochine et d'Algérie, c'est dire si le village s'en était plutôt bien sorti. La quatrième et dernière face du monument est vide, et il est question, à la demande de plusieurs habitants, de faire figurer sur cette façade les noms des victimes des grandes inondations de l'automne 2013.

La salle du conseil est pleine, ce qui n'arrive jamais. Autour de la table des onze conseillers, pour une fois tous présents, une deuxième rangée de chaises a été installée, et derrière ces chaises, il y a encore, debout, deux rangs de spectateurs. Cinquante personnes sont rassemblées, la température est montée malgré les deux fenêtres laissées grandes ouvertes, l'ambiance est houleuse. Il faut dire que, depuis la venue du promoteur, une étrange coalition du corbeau, de la carpe et du lapin – ici l'instituteur, Ducasse et l'adjoint – s'est formée sans qu'on ne sache rien des intentions réelles de ces trois zèbres.

Le maire commence par un rappel des faits marquants des inondations de 2013, puis indique qu'il y aurait trente-huit noms à graver sur la plaque, et que le devis du graveur s'élève à 425,18 €.

« On en a déjà parlé au conseil de mars et à celui de juin, alors je vous propose qu'on mette ce point au vote.

– Attendez, lance une voix. Il n'y a pas eu de morts durant les inondations de 2013 à ce que je sache…

– C'est vrai, mais…

– Et il n'y a pas eu de blessés, ajoute un homme du premier rang.

– Non, répond le maire, mais il y a eu cent vingt et une maisons inondées…

– Et qui seront ces trente-huit noms sur le monument ? »

Le maire a un geste excédé. Ils ont passé des heures à établir cette foutue liste, et ils l'ont déjà expliquée plus de vingt fois, mais visiblement ça ne suffit pas. C'est l'adjoint qui s'y colle :

« On vous l'a dit et ça a même été écrit dans le journal par le correspondant local. Les noms sont ceux des propriétaires des maisons qui ont vu l'eau monter jusqu'au premier étage. Et pour être plus précis, dont le niveau de l'eau a été supérieur ou égal à 10 cm au-dessus du sol du premier étage… Et pour cela on s'est appuyé sur les comptes rendus des experts des assurances.

– Moi je suis contre, dit un vieux monsieur au regard clair. Parce que mon grand-père est mort au Chemin des Dames, et qu'on ne peut pas le mettre avec ce crétin de Pujol qui a eu de l'eau sous la table de sa cuisine…

– Une victime est une victime ! lance un autre.

– Pas de discrimination !

– Pas de racisme envers les camarades inondés ! »

Le maire soupire. C'est reparti ! Il se penche et murmure quelques mots à l'oreille de Pull-violet. Ce dernier hoche la tête. Les opposants au maire analysent la situation et arrivent à la même conclusion : la grande majorité de la population est pour l'inscription du nom des inondés, seule une minorité – des vieux pour la plupart – est contre l'amalgame des héros et des victimes, et cette minorité ne pèsera rien aux prochaines élections. Donc, avec force mimiques et hochements de tête, l'instituteur et Gérard entrent dans le débat et soutiennent les malheureux de 2013.

« Vous êtes en train de dire que les morts de la guerre de 14 sont des héros, lance l'instituteur dans une dialectique trotskiste imparable, moi je dis que ce sont des victimes. Des victimes des généraux incompétents et sanguinaires, des victimes des grands industriels de la sidérurgie de la Lorraine et de la Ruhr, des victimes des colonialistes qui défendaient leurs possessions africaines en semant la guerre sur notre sol…

– Putain, nous y revoilà », souffle le maire à son adjoint.

Pull-violet, sur un signe du maire, pousse un grand coup de gueule qui arrête net le débat :

« Vous la fermez ! C'est moi qui vote avec mes collègues conseillers, pas vous ! Alors vous la fermez et on vote.

– Elle est belle la démocratie ! dit une voix pleine d'amertume.

– Eh oui, ducon, c'est moi qui te représente…

– Bon, coupe le maire qui craint une reprise des hostilités. À main levée… On y va. Qui est pour mettre les victimes de 2013 sur le monument ? »

Les mains se lèvent.

« Qui est contre ? »

Une seule main se lève, celle de Double-menton qui a pourtant eu sa maison inondée mais seulement de 4 cm au premier et qui ne figurera donc pas, du fait de ce choix inique, sur le monument. Il faut préciser que si on avait mis la barre à 4 cm comme le demandait Double-menton, il y aurait eu soixante-neuf noms à graver et on n'avait pas la place.

« Qui s'abstient ? Personne ? Bien… Donc on a 10 voix pour, 1 voix contre, pas d'abstention… Le projet est adopté. »

Applaudissements dans l'assemblée, et départ de sept personnes avec les injures idoines.

« Point suivant. On a reçu une demande d'une ONG, soutenue par plusieurs citoyens de la commune… Oui, une ONG, c'est… C'est quoi déjà, Jacqueline ?

– Une organisation non gouvernementale, souvent à vocation internationale, répond la secrétaire de mairie.

– Ah oui, c'est vrai, j'oublie tout le temps… Alors c'est une ONG qui nous propose de nous jumeler avec un village du Yémen pour les soutenir… Alors ça consiste à leur donner 2 000 € pour je ne sais pas bien quoi…

– 2 000 € chaque année, précise Jacqueline.

– Chaque année ? Mais ils nous prennent pour des Américains ! Point suivant. »

Dans l'assemblée, l'instituteur tente une prise de parole pour dire que ce serait tout de même un signe fort à destination de la communauté musulmane du village. Ce à quoi Mouloud, qui n'a pas sa langue dans sa poche, réplique qu'on n'a qu'à donner directement les 2 000 € aux musulmans du village qui sont majoritairement sunnites et pas à ces chiens de chiites qui mettent la révolution partout.

« Point suivant, répète le maire.

– On nous propose d'installer un panneau vidéo à l'entrée du village…

– Et ça va coûter combien ? demande Pull-violet, décidément en verve ce jour-là.

– C'est gratuit… à condition qu'on passe huit heures de publicité par jour, répond Jacqueline en lisant l'offre commerciale qu'elle a entre les mains. Pour le reste on aura huit heures d'informations de BFM TV et huit heures pour annoncer ce qu'on veut de la vie du village.

– Mais qu'est-ce que tu veux qu'on raconte pendant huit heures ? » demande le maire.

Jacqueline se penche sur la lettre, cherche le passage qu'elle a noté et reprend :

« Si on ne veut pas utiliser notre temps de parole, on aura BFM TV à la place… Et ils terminent en disant que "BFM Village est enfin disponible"… et que "la population attend depuis longtemps ce produit"…

– Mais on s'en fout ! éructe Double-menton, bien décidé à contrarier la réunion. Ils nous prennent pour des imbéciles avec leur publicité, on en bouffe de partout, des mensonges et des nanas à poil pour nous piquer le peu de pognon qui nous reste.

– Tu as raison, dit le maire qui veut faire plaisir à Double-menton. Point suivant.

– La demande d'un promoteur concernant des terrains communaux pour bâtir une maison de retraite innovante… lâche l'adjoint qui a pris la parole à la place de Jacqueline.

– Et qui demande qu'on lui cède des terrains », ajoute Jacqueline vexée.

Un ange passe. Le maire ne dit rien. Il ne sait trop que penser de cette affaire. Elle est séduisante par certains côtés mais assez louche par d'autres. Autour de la table et dans l'assistance, on ne se précipite pas pour donner son avis. C'est l'adjoint qui reprend :

« Il ne faut pas laisser passer les occasions qui se présentent… Il y aura des retombées économiques importantes, peut-être une vingtaine d'emplois… C'est pas rien. »

Ducasse voit l'affaire d'un mauvais œil mais préfère ne pas intervenir pour ne pas se mettre du monde à dos. Gérard fait des mimiques d'approbation. La belle-fille Bajolle demande si le restaurant sera végétarien. Personne n'en sait rien, mais l'adjoint ne lâche pas le morceau.

« Probablement, dit-il. On est dans du haut de gamme et le haut de gamme de demain sera végétarien. »

Tous se tournent vers lui, étonnés : ce n'est pas une phrase qu'il a inventée tout seul, ce n'est pas possible.

Une légère suspicion naît dans l'assistance, et Hubert dit qu'il ne faut pas se précipiter. Célia demande la parole, qu'on lui donne avec curiosité, car nombre d'entre eux n'ont jamais entendu la voix de cette jeune femme qui se mêle assez peu à la vie du village.

« Une question de cette importance ne peut pas se traiter en cinq minutes en fin de réunion. C'est une session complète qui doit lui être consacrée, et cela vous permettra de mener des études préalables pour une prise de décision assurée et citoyenne. »

L'intervention de Célia plaît beaucoup. Chacun a envie de s'y rallier.

« Ce serait quoi par exemple, les études préalables ? demande le maire.

– Par exemple une matrice croisée des avantages et des inconvénients, des gagnants et des perdants, des coûts et des gains à un horizon de trois ans, puis de dix ans.

– Vous et votre ferme seriez gagnantes car votre clientèle locale gagnera une centaine de personnes au fort pouvoir d'achat, s'écrie l'adjoint qui n'a pas renoncé à faire voter le projet.

– Mais je perdrais l'accès à l'eau pour mes bêtes, répond Célia. En outre, je tiens à vous dire que je ne travaille pas pour une poignée de privilégiés mais pour le bien commun.

– Nous devons aller vite car il y a de la concurrence, d'autres communes sont sur le coup…

– Il n'y a pas de concurrence ! dit calmement Célia. La concurrence pour donner des hectares de terrain gratuits n'existe pas. Ce sont des arguments d'embrouilleurs professionnels… J'en ai croisé tous les jours quand j'étais directrice commerciale. »

L'instituteur brûle de soutenir Célia, mais se retient car ce serait s'allier avec une esclavagiste et risquer de blesser l'adjoint qui lui a promis de rendre constructible un petit lopin de terrain qu'il vient d'acheter pour une bouchée de pain à un pauvre hère du village. Ducasse propose finalement de renvoyer la question au prochain conseil. Le maire saute sur l'occasion et clôt la séance avec le soutien de Jacqueline qui s'empresse de ranger les dossiers. L'adjoint, blanc de colère, sort sans saluer le maire. Il est rejoint sur le pas de la porte par l'instituteur et Gérard, qui ont récemment fait alliance avec lui. On ne sait pas pourquoi.

« Tu allais au carton… lui dit le cégétiste qui s'y connaît en votes à la noix.

– Ça ne serait pas passé, ajoute l'instit qui n'est pas le dernier, en bon trotskiste, à manipuler les votes de son parti.

– Et comme ça, tu gardes toutes tes chances, conclut Gérard. Mais au fait qu'est-ce que tu en as à foutre de cette maison de retraite ?

– C'est l'essor économique du village qui est en jeu ! Et en outre, on participe à l'effort national pour le troisième et le quatrième âges. C'est un des enjeux du siècle à venir. Ne l'oublions pas !

– Et n'oublions pas, dit le grand-père qui passait par là au moment de cette belle déclaration enflammée, que monsieur a deux terrains enchâssés dans ceux de la commune à ce même endroit… Et ces deux terrains seront obligatoirement rachetés par le promoteur, à moins que M. l'adjoint au maire soutienne l'effort national et les cède gratuitement au promoteur… »

Le maire, qui a tout entendu et qui n'avait rien vu venir, en reste bouche bée. L'adjoint rougit jusqu'à la racine des cheveux. L'instituteur et Gérard se regardent avec un drôle d'air… Le grand-père a continué son chemin. L'adjoint lâche quelques jurons, le maire s'éloigne, il a l'air K.-O. debout.

Chapitre 21

À Tartuffe, Tartuffe et demi

Le rapport de Denise Lelieu est à la hauteur de l'affront subi. Rien n'y manque : absence de rampe d'accès à l'étable, de toilettes handicapés, de boucles sonores, de notations en braille, de chemin goudronné pour accéder à l'étang, de chemin goudronné pour traverser les champs. Largeur des portes insuffisante, hauteur des lavabos trop importante… Chloé ne lit pas jusqu'au bout. Elle tend la lettre à Célia.

« Il y en a pour au moins dix mille euros de travaux… Et encore, en ne faisant que le strict nécessaire, dit Chloé. À trois cents euros par visite, il nous faudra six ans pour amortir ça… »

Célia ne répond pas, elle lit la lettre avec attention.

« Peut-être pas », finit-elle par dire.

À ce même moment, le chat traverse la cuisine avec une souris entre les dents et capte l'attention de tous.

« La belle-fille Bajolle va pas être contente… dit le grand-père.

– Il va falloir arrêter les visites, soupire Chloé qui n'a même pas souri à la remarque du vieux.

– Pas question ! dit Célia avec virulence.

– Mais…

– On va juste restaurer les toilettes de l'allée, tomber une cloison, élargir la porte, cimenter le sol et placer des barres d'appui… Ça ne coûtera pas plus de quatre cents euros et on aura des toilettes pour handicapés, c'est vrai que ça manquait…

– Et pour la rampe d'accès, les chemins goudronnés et le braille ?

– On n'a aucune enseigne, aucune notation… alors le braille, elle peut se le mettre sur son GPS si ça lui chante. Pour le reste, j'ai ma petite idée… »

Deux jours plus tard, Célia tend à Chloé un dossier parfaitement présenté, avec des images en couleur, des slogans et des citations choisies. Il y est dit que le handicap est une cause nationale que la ferme de La Fage s'enorgueillit de soutenir. Elle annonce la création de toilettes pour handicapés, avec un plan et des dimensions qui sont bien au-delà, c'est écrit en gras, des cotes officielles de la législation en vigueur. Elle prévoit par ailleurs une promenade dédiée en carriole tirée par Pompon (ici en photo) pouvant contenir quatre fauteuils roulants. La force de la proposition tient à la philosophie habilement exposée : les handicapés seront favorisés par le dispositif décrit durant la visite, puisque les non-handicapés n'auront pas accès à la promenade à cheval. C'est de la discrimination positive, explique Célia qui revendique haut et fort cet engagement. Les handicapés, écrit-elle, doivent aussi avoir des avantages sur les non-handicapés dès lors que l'on renonce à faire vivre les non-handicapés comme des handicapés. Il en va, dit-elle, de la cohérence d'une société juste et solidaire…

« Ben ça alors ! s'exclame Chloé admirative en reposant le dossier. Mais on ne fera jamais tenir quatre fauteuils sur la carriole ?

– Mais il n'y en aura jamais quatre en même temps !

– Si tu le dis…

– Je l'envoie au chef de service de Denise Lelieu, en mentionnant que nous sommes désolés pour ce qui est arrivé à cette dame, mais en lui rappelant que l'article 14 du code de procédure précise que les visites doivent être annoncées une semaine à l'avance et qu'une inspectrice doit se présenter et énoncer en détail les points d'inspection… Bref, je vais lui dire qu'on ne va pas chercher à nuire à son service mais qu'il ne faut pas non plus exagérer avec du harcèlement administratif… Le mot "harcèlement" effraie de nos jours.

– Tu devrais aussi l'envoyer au correspondant du *Courrier de Pondeville*, dit le grand-père. Tu lui dis que la ferme de La Fage est un modèle. Il comprend rien et il vérifie rien… »

Chloé relit la lettre et semble hésiter :

« Tu ne crois pas que c'est un peu hypocrite comme réponse ?

– Faut se protéger !

– Il n'empêche que…

– Mais qu'est-ce que tu crois ? Que le lobby du Bâtiment a quelque chose à faire des handicapés ? Mais ils s'en foutent, ils veulent juste le pognon. Il n'y a que les familles qui ont un handicapé qui sont vraiment concernées… et les gens capables d'empathie, mais ça devient rare.

– Mais les handicapés ont besoin d'être aidés, s'insurge Chloé.

– Évidemment ! Ce n'est pas la question. Mais il faut le faire avec bon sens et bon cœur. Quand on refait les toilettes et qu'on remblaie le chemin d'accès, on est à l'écoute… Mais quand la mère Lelieu veut nous obliger à poser une boucle magnétique pour malentendants dans l'étable, c'est au mieux de l'idéologie et au pire du despotisme… Ce qu'il faut, c'est changer les mentalités et retrouver la volonté d'aider son prochain.

– Pas le plus facile », bougonne le grand-père.

Chapitre 22

De la capitulation en temps de paix

Pour aussi accablant qu'il soit, le rapport de Denise Lelieu n'a pas eu raison de l'énergie de Chloé. Il faut dire que la belle contre-attaque de Célia a été un succès. Du moins si l'on part du principe que l'absence de réponse de l'administration vaut acceptation.

Le vrai coup de grâce arrive le samedi suivant, lorsque Chloé décide de distribuer gratuitement son surplus de salades aux gens du village. La récolte a été si exceptionnelle que les commerces du canton ne peuvent plus l'écouler. « Les gens ne sont pas des lapins, ils ne bouffent pas de la salade à tous les repas » lui a dit le responsable de la supérette du bourg voisin.

Chloé décide donc de passer à la distribution. Plutôt que de mettre une affiche à la mairie proposant une mise à disposition gratuite, elle trouve plus élégant et plus amical d'envelopper ses belles laitues, par paquets de trois, dans du papier de récupération sur lequel elle note : « De la part de la ferme de la Fage ». Avec l'aide de Bilal, elle prépare ainsi trois cents paquets qu'elle charge sur la carriole et, le lendemain à l'aube, avec Pompon, mais aussi avec Bilal venu aider sans qu'on le lui ait demandé, elle parcourt les rues du village et pose sur le seuil de chaque maison un paquet de trois laitues. Comme une surprise !

L'autre surprise de ce samedi est la discussion avec Bilal – la première ! – d'où il ressort que l'adolescent se verrait bien faire les marchés les mardis et mercredis et que 25 % des recettes lui conviendraient. Et aussi que les femmes ne sont pas toutes des putes, ce qui est une énorme avancée.

Pour en revenir aux belles salades, les retombées ne se font pas attendre. Durant les trois jours qui suivent, les interpellations et les messages sont nombreux. Elle reçoit trois « Merci », deux « Mais il ne fallait pas », cinquante-deux récriminations et douze insultes. On passera sous silence les insultes, mais on examinera avec intérêt les reproches : « On pourrait pas avoir des choux à la place des salades ? », « C'est dégueulasse d'envelopper la salade dans du journal », « Elles sont pleines de terre, vous auriez pu les laver », « Pourquoi elles ne sont pas triées ? », « Il y avait une chenille », « On peut les changer contre des œufs ? »...

C'est au bout de ces trois jours, à la lecture d'un dernier message disant « Ça les aurait pas tués de mettre quelques carottes avec », que Chloé décide de mettre la clé sous la porte, de rendre son tablier, de jeter l'éponge, le torchon, la serviette... Bref de baisser le rideau.

Chapitre 23

Un bien triste anniversaire

Le premier anniversaire de la nouvelle ferme est un peu triste. Il aurait pu être joyeux, car les résultats sont plutôt bons, et même très bons pour certaines activités comme les salades et le blé. Les cerisiers ont aussi rempli leur mission, les plants de noisetiers se portent bien, le tournesol a été planté trop tard mais s'en sort correctement. Mais il n'y a pas que l'économie et les chiffres… Chloé le dit depuis son arrivée : « Il faut intégrer la vie du village, les relations humaines et les solidarités dans le bilan général. » Et de ce côté-là, ce n'est pas brillant.

Elles ont en face d'elles le président des chasseurs qui entrave l'ouverture des bois aux chèvres, des parents d'élèves soucieux de la santé de leurs bambins qu'ils gavent par ailleurs de sodas et de plats préparés, une gauche anticolonialiste très remontée, la section locale de la CGT, la Direction du travail, les défenseurs des animaux exaspérés de voir des citadins renouer avec les pratiques ancestrales, des promoteurs et leurs amis de la Bourse prêts à ruiner des terres agricoles pour engranger du fric dont ils n'ont aucun besoin, des villageois aigris, des retraités irascibles, des chômeurs très susceptibles, des catholiques qui les empêchent de se marier, ce qui recule d'autant leur projet d'avoir un enfant… Bref les offusqués, les susceptibles et les indignés sont vent debout contre elles. Tous agitent de grandes causes humanitaires, des idées généreuses, de beaux principes moraux… quand ils n'ont pour seul désir que de défendre leurs intérêts, d'obtenir des postes, de la reconnaissance, des aides et des subventions. Et bien sûr d'admirer leur intéressante personne. Et Chloé n'en peut plus.

Ce soir, malgré le beau gâteau surmonté d'une bougie, le cœur n'y est pas. Tandis qu'elle sert les assiettes et le mousseux, elle se lance, la voix serrée et la larme à l'œil.

« Je crois qu'on va arrêter l'expérience… Ce n'est plus possible. Je ne trouve que de la rancœur, de l'hypocrisie et de la médiocrité, quand je rêvais de solidarité, de partage et de développement écoresponsable. Notre petite affaire est sur de bons rails, mais elle n'a rien su rassembler, elle n'a su convaincre aucune personne de ce pays… Je suis désolée.

– C'est ta ferme, murmure Célia. Je suis venue pour t'aider, nous avons fait des choses bien, mais si tu n'y crois plus ou si tu n'as plus envie, je peux retrouver un bon job à la ville… et on redémarrera ailleurs. »

Célia a baissé les yeux en prononçant ces dernières paroles, car elle ne s'y trompe pas, il y en a un qui ne redémarrera rien, c'est le grand-père. Le laissé-pour-compte, qui va retrouver le froid glacial de la solitude, les jours sans lumière et sans envie, la monotonie et la tristesse. Le vieil homme les a écoutées sans prononcer un mot. Depuis quelques jours, depuis toutes les méchancetés qu'il a entendues au bar-tabac sur les laitues, il entrevoit ce qui ne va pas manquer d'advenir. Il sent que les petites sont fatiguées et déçues, qu'elles sont au bout du rouleau, que rien ne vient récompenser leurs efforts.

Chapitre 24

Croquis du grand-père en Dorine

Chloé est à l'étable, elle caresse les vaches, puis les deux chèvres. Elle va chercher le tabouret et le seau, et commence à traire la blanche. Avec une étrange lenteur. Le grand-père est venu s'asseoir dans un recoin, sur un rebord en pierre, comme il le fait parfois le matin, pour respirer l'odeur des animaux. L'odeur de la vie… Chloé semble ne pas le voir. Elle a les larmes aux yeux. Une hirondelle s'envole par la porte ouverte.

« Ma petite Chloé ne croit plus à la sobriété heureuse, à l'économie circulaire, à la décroissance des usages ?

– Bien sûr que j'y crois, mais il faut se rendre à l'évidence… Ici, ce n'est pas possible.

– Tu crois qu'ailleurs ce sera plus facile ?

– Sans doute. Je ne sais pas où. Mais il y a forcément des endroits où ça marche… J'ai vu des documentaires sur de belles expériences.

– Et tu crois que ces belles expériences, elles ont marché toutes seules, comme dans les contes de fées ?

– Je ne sais pas.

– Tu ne crois pas plutôt qu'ils ont sué, qu'ils ont eu leur moment de découragement, leur envie de tout laisser tomber ?

– Je ne sais pas.

– Moi je suis sûr qu'ils se sont battus, qu'ils se sont levés épuisés mais qu'ils croyaient à leur rêve plus que tout ! Mais toi, tu n'as pas envie…

– Tu n'as pas le droit de dire ça, j'ai fait tout ce que je pouvais… »

Célia est arrivée à pas de loup, une tasse de café à la main, elle écoute, se retient de parler. Elle voit où le vieux veut en venir. Elle aime ce grand-père, elle aime les hommes qui adorent la bagarre, qui traversent les bourrasques, qui entraînent les autres. Elle sait que le grand-père de Chloé est de cette trempe. C'est même peut-être pour cela qu'elle continue à se balader les seins nus le matin alors que le froid voudrait qu'elle passe un petit pull. Célia a toujours encouragé les lutteurs.

« Mais il faut faire plus, beaucoup plus que ce qui est possible… si on veut atteindre ses rêves.

– Contre ces égoïstes, que veux-tu que je fasse ? Je ne me suis jamais autant démenée de toute ma vie.

– Tu ne crois pas à tes rêves ! lâche le vieil homme l'air contrit.

– Si, j'y crois !

– Belle croyance qui s'agenouille devant les premières contrariétés !

– Mais que veux-tu faire contre l'hypocrisie et la méchanceté ?

– Mais se battre !

– On ne lutte pas contre l'opinion publique et les discours…

– Donc on leur donne raison et on leur laisse le champ libre… Bravo ! Va faire caissière de supermarché, puisque tu as envie de cela, et Célia fera le cadre pour Monsanto et consorts… Vous aurez la belle vie !

– Comment peux-tu dire cela ? Tu sais très bien que c'est faux !

– C'est le destin que tu es en train de choisir…

– Je n'ai pas le choix !

– On a toujours le choix de ne pas plier à la première tempête ! On a toujours le choix de respecter ses ancêtres qui ont lutté pour leur pain quotidien, pour leur liberté, pour la dignité !

– Qu'est-ce que tu ferais ? lance Chloé, vexée et ébranlée.

– On redresse la tête, on continue et on plante tous ces petits cons ! Comme en 14 ! »

Chloé se tourne vers Célia qui, avec un large sourire, lui dit :

« Il a raison !

– Tu crois vraiment qu'on peut y arriver ? demande Chloé.

– Bien sûr ! répond le vieux. Mais la route sera rude… Je te l'ai dit le premier jour. Je t'ai dit le problème c'est les gens, les gens d'ici. Mais je te rassure, les gens d'ailleurs sont les mêmes que les gens d'ici… Faut faire avec ! En fait, faut souvent faire contre… mais les moments où l'on arrive à faire ensemble valent la peine.

– Je suis d'accord, dit Célia. On va y aller et taper fort !

– Ouais ! dit le grand-père. On va taper !

– On va taper… » murmure Chloé.

La lumière est revenue dans ses yeux, l'envie est à nouveau là, la journée sera belle, le soleil brille déjà.

« On défait les valises ! » déclare Chloé.

CINQUIÈME PARTIE

Le bal des Tartuffes

Chapitre 25

Plus fort que le Prozac !

Le maire n'est plus apparu dans le village depuis trois jours. Exactement depuis la dernière réunion du conseil municipal. Bien peu s'en préoccupent. De toute façon, les électeurs se méfient de leurs chefs, qu'ils soient maire, député, chef d'entreprise ou président de la République… Ils les jugent incapables, malhonnêtes, manipulateurs quand eux-mêmes seraient compétents, vertueux et francs du collier ! Il est clair qu'avec des certitudes pareilles, il n'est pas facile d'avancer.

Le grand-père connaît bien le maire, il sait que c'est un déprimé chronique qui peut plonger au plus profond. C'est pourquoi il se rend chez lui en ce début d'après-midi pendant que les filles sont aux champs, un brin de causette ne nuit jamais. Il trouve le maire affalé sur un fauteuil décati. Avant de partir travailler, sa femme lui a installé un plateau-repas auquel il n'a pas touché. Il est encore en pyjama.

La discussion est difficile à lancer, mais le grand-père est patient et, après dix bonnes minutes à parler pour ne rien dire, il finit par avancer un pion :

« Arrête de te rendre malade pour cette bande d'abrutis ! Qu'est-ce que tu as gagné ?

– Ben… Je sais pas… Le village quand même…

– Un village d'imbéciles, arrogants et égoïstes, qui ne s'intéressent qu'à leurs petites affaires… Pour faire de grands discours, ils y sont, mais pour se retrousser les manches et aider, il n'y a plus personne. C'est comme pendant la guerre !

– Quoi, la guerre ?

– Tous pétainistes en juin 40 et tous résistants en août 44 !

– C'est vrai… murmure le maire.

– Regarde ton adjoint, dit le vieux qui sait appuyer là où ça fait mal.

– Tu as raison. Ça fait des années que je me coltine toutes les paperasses et ils me prennent pour un pantin.

– Cet imbécile qui n'a pas le certificat d'études est prêt à brader le village à un escroc juste pour vendre deux terrains !

– Tu as raison mais je peux rien faire…

– Tu ne peux rien faire si tu veux rester maire à tout prix, mais si tu décides de ne pas te représenter l'an prochain, tu peux te faire plaisir durant les dix prochains mois… Tes dix derniers mois… »

Le grand-père perçoit une lueur d'intérêt dans les yeux du maire. Il sait qu'il vient de gagner la partie. Il ne lui reste plus qu'à dérouler avec tact ses idées, mais il préfère prendre encore quelques minutes pour sceller leur entente.

« Moi j'étais comme toi, je me laissais aller et je broyais du noir, mais depuis que les petites sont arrivées, ça va mieux. De les voir foncer, ça m'a redonné la pêche ! Je te le dis, faut arrêter de se morfondre et de se faire du mal… Faut te défouler, tu iras mieux et c'est les autres qui iront mal ! »

Le maire sourit enfin.

« Tu fais tout péter et tu pars ! insiste le grand-père. Tu verras la gueule qu'ils feront !

– Tu as des idées ?

– Quelques-unes… Et toi ?

– Moi aussi… Quelques-unes ! »

Chapitre 26

Coup de théâtre au conseil municipal

Le maire a convoqué un conseil municipal extraordinaire. Jamais il n'avait agi ainsi en vingt ans de mandature, et comme en outre il a pris soin de faire savoir qu'il allait faire de grandes annonces, c'est encore une fois la foule des grands jours qui arrive à la mairie. Comme lors du précédent conseil, trois rangées de spectateurs entourent la table des conseillers. Le notaire, le docteur, tous les commerçants par nature méfiants, le président des « Dormeurs réunis », l'instituteur, le postier, ils sont tous là. Le bras droit du promoteur, averti par on ne sait qui, mais on a quelques soupçons, est également présent. Même Chloé et Célia, malgré leur peu d'envie, sont là pour faire plaisir au grand-père qui a énormément insisté.

Dans la salle, tout le monde se jette des regards interrogateurs, notamment Jacqueline la secrétaire qui n'en sait visiblement pas plus que les autres. Elle a l'air inquiet. Rien, absolument rien, n'a filtré. Tous sont installés à leur place habituelle. Il n'en manque qu'un : le maire. Deux minutes passent, puis trois.

« Et s'il n'allait pas venir », souffle l'adjoint à Jacqueline.

Cette dernière hausse les épaules.

« Il m'a encore appelée à midi pour être sûr que la salle serait prête.

– Il a envie de se faire un peu attendre…

– Il est peut-être pris dans un embouteillage sur la place de l'église », lance un spectateur.

Personne ne rit. On se veut décontracté, mais la tension ne cesse de monter car ce n'est pas le genre du maire d'arriver en retard. D'habitude, il est toujours là le premier. On regarde l'heure, on consulte les portables, on s'inquiète. Finalement, il est dix-huit heures dix quand le maire entre dans la salle du conseil. Il a ceint son écharpe tricolore. On n'en revient pas, on s'écarte pour le laisser passer. Il traverse la pièce jusqu'à sa place sans saluer personne, sans sourire. Il s'assied, murmure quelques mots à Jacqueline, puis, dans le silence tendu, se lance. Son émotion est patente.

« Je vous remercie d'être venus si nombreux… »

Il se racle la gorge et reprend :

« Cela fait vingt ans que vous m'avez confié ce mandat de maire… C'est une charge de plus en plus pénible, avec des responsabilités de plus en plus lourdes. Une charge qui était au début intéressante, où il me semblait que j'étais au service de tous, mais qui au fil des ans est devenue de plus en plus ingrate et solitaire… Ces dernières années, je n'ai plus entendu que des critiques de mes actions. Les uns disent que je manque de poigne, les autres que je prends toujours les mauvaises décisions, d'autres encore que je suis un mollasson… »

Un murmure gêné parcourt la salle.

« Non, non… Je dis bien un mollasson, c'est un adjectif que j'ai entendu à plusieurs reprises ces derniers mois, c'est pourquoi je tenais à vous dire solennellement aujourd'hui que je ne me représenterai pas aux prochaines élections. »

Le murmure s'amplifie. Des sourires de satisfaction et des mimiques de connivence traversent l'assistance. D'autres grimacent, dont Jacqueline qui se demande à quelle sauce elle va être cuisinée l'an prochain.

« Je tenais à vous prévenir à l'avance, poursuit le maire, pour que ceux d'entre vous qui voudront se présenter puissent monter leur liste et peaufiner leur programme, bref se préparer dans de bonnes conditions. Jusqu'à présent, il n'y avait qu'une seule liste à Miredon, la mienne, parce que personne ne voulait s'y coller… Mais je sens depuis quelque temps que des ambitions naissent, et je m'en réjouis pour l'avenir de notre commune. »

Le maire marque une longue pause, durant laquelle tout le monde s'observe et réfléchit en silence. Personne n'intervient.

« Toutefois avant de partir, et pour ne pas laisser dans l'histoire de notre petite cité l'image d'un maire mollasson… J'ai tout de même ma fierté ! Oui, je disais que, pour ne pas laisser une pauvre image de mon action, je vais prendre dès demain une série de mesures qui ne pourront pas passer pour l'œuvre d'un mollasson… »

La tension remonte soudain d'un cran. Le grand-père, qui est pile en face du maire, lui adresse un signe d'encouragement.

« En premier lieu, je vais avaliser la participation de la commune au Parc naturel régional et donc passer l'étang en site protégé, ce qui veut dire que la maison de retraite innovante pourra aller se faire voir, pardon se faire construire ailleurs !

– C'est scandaleux ! s'insurge l'adjoint, rouge de colère. C'est un abus de pouvoir, il faut un vote du conseil sur ce sujet…

– Vous m'avez donné les pleins pouvoirs en matière d'urbanisme, de sécurité et de délégations de service public, lors du conseil du 21 janvier 2015… sans doute parce que vous estimiez alors qu'il n'y avait rien d'important à décider et que le mollasson pouvait bien faire l'andouille avec ça…

– On va te les retirer les pleins pouvoirs !

– Pour ça, il vous faudra attendre le prochain conseil, dans deux mois, et mettre ce point à l'ordre du jour… Je vous rappelle que vous m'avez demandé de faire l'ordre du jour parce que vous n'aviez pas que ça à faire !

– Je peux dire quelque chose ? » intervient une voix au deuxième rang.

Tous les regards se tournent vers Célia qui a fait un pas en avant.

« Mais je vous en prie…

– Je peux apporter une précision utile à votre débat… J'ai enquêté sur Bernard de La Rozière, et j'ai découvert que ce merveilleux homme d'affaires a monté son concept de maison de retraite dans un village du Tarn-et-Garonne en 2014… Aujourd'hui, les maisons sont construites et inoccupées, les investisseurs grugés se sont retournés contre la commune, et notre héros de l'entreprise privée a empoché toutes les subventions publiques avec des contrats si bien ficelés qu'il est impossible de les récupérer. Ce village est en faillite, son maire s'appelle Augustin Bonnet. Il sera ravi de vous parler…

– Merci pour ces informations que je n'avais pas… J'avais juste un reste d'intuition », dit le maire, visiblement ravi de cet appui inopiné.

Dans l'assemblée, on est abasourdi. L'adjoint ne sait plus où se mettre. Ducasse essaie de cacher sa satisfaction. Plusieurs pensent qu'ils viennent de se débarrasser d'un candidat à la mairie.

« Je tiens à préciser, mon cher adjoint et ami, que la convention avec le Parc naturel rend définitivement non constructibles tes deux terrains… C'était ma première décision. La deuxième est que j'autorise le débroussaillage des bois communaux par les chèvres et les vaches de la ferme de La Fage, et de toute autre ferme qui souhaiterait suivre cet exemple, et aussi, pour être cohérent, que le territoire de la commune sera transformé en réserve de chasse, ce qui nous ouvrira une subvention du ministère de l'Écologie. Je ne doute pas qu'Hubert, notre grand défenseur de la biodiversité, sera ravi, d'autant que rien ne l'empêchera d'aller chasser dans les communes voisines…

– Salaud ! crie Hubert qui vient de perdre sa bonhomie naturelle. Tu n'as pas le droit ! »

Il est interrompu par la belle-fille des Bajolle qui, les bras levés, crie : « Bravo, bravo ! » Le maire calme l'hystérique végane en annonçant qu'un méchoui sera offert à la communauté musulmane pour l'Aïd. L'instituteur sourit mais évite de montrer sa satisfaction.

« Tu feras moins le malin quand tu auras deux cartouches de chevrotine dans le cul ! braille Hubert, sous l'emprise d'une irrépressible colère.

– Jacqueline, tu veux bien consigner les menaces de mon ami Hubert ? Vous êtes tous témoins. Je continue. Où j'en étais ? Ah oui, je célébrerai dans quinze jours le mariage de Célia et de Chloé à la mairie, ce sera le premier mariage gay du canton, on aura la presse régionale et peut-être même nationale. Tout le monde est bien sûr invité, M. le notaire, la soutane noire et la soutane blanche, je veux dire M. le curé et M. l'imam… »

Personne ne remarque le clin d'œil du grand-père à sa petite-fille chérie. Les deux jeunes filles rougissent de surprise, se blottissent l'une contre l'autre. Les offusqués lèvent la main, réclament la parole mais le maire a déjà enchaîné :

« Au fait, je ferme l'école… à cause des infiltrations dans la toiture. C'est moi qui suis pénalement responsable si le plafond tombe sur les chères têtes blondes. Donc j'applique la procédure de sécurité publique…

– Mais ça ne risque absolument rien, réagit une dame jusque-là très calme.

– Vous avez raison, ça ne risque absolument rien mais l'association des parents d'élèves a écrit une lettre de mise en garde au rectorat et à la mairie… Donc je ferme l'école dès demain en vertu de l'autorité de police qui m'est conférée… Et les parents feront vingt kilomètres jusqu'au bourg voisin, c'est un peu gênant mais moi ça me permettra de dormir tranquille la nuit.

– Et moi, qu'est-ce que je vais devenir ? s'écrie l'instituteur qui a perdu de sa superbe.

– Ne vous en faites pas ! L'État vous trouvera un autre poste.

– Mais je viens d'acheter un petit lopin de terre à Miredon et j'ai le…

– Point suivant, je veux partir avec un budget équilibré et même légèrement excédentaire… C'est important, souvent le jugement de l'Histoire a un aspect comptable. Donc je coupe les subventions aux associations, enfin à l'unique association de notre beau village, celle des "Dormeurs réunis".

– Vous n'avez pas le droit, c'est une atteinte à la liberté d'expression ! hurle Ducasse qui se lève de sa chaise comme un fou furieux.

– Je vois que M. Ducasse n'hésite pas à hurler et j'en déduis donc que le bruit ne le dérange plus. Je remets donc en service dès demain la cloche de l'église… et je coupe aussi les subventions que l'État nous demande pour maintenir des services publics sur les territoires éloignés, en l'occurrence ici La Poste, le seul service qui nous reste puisque le train nous a désertés depuis plus de cinquante ans.

– Sans bureau de poste, vous n'aurez pas de courrier ! lâche froidement Gérard qui voudrait entamer des négociations.

– Oui, mais mon budget sera équilibré. Voilà je crois que je vous ai tout dit ! Je ne sais pas si Miredon se portera mieux, mais moi je peux vous assurer que je viens de me faire du bien. »

Chapitre 27

Un bien beau mariage

Le mariage de Chloé et Célia a lieu par une belle après-midi ensoleillée, dans une simplicité campagnarde de bon aloi. La seule fantaisie est la crinière tressée et fleurie de Pompon et la carriole qui a été repeinte en rose à la hâte. Le grand-père a sorti le costume de son propre mariage dont le pantalon a dû être élargi. Il n'y a pas foule, juste dix ou douze amis des mariées qui brandissent l'arc-en-ciel des libertés au sortir de la mairie. La presse nationale ne s'est pas déplacée. Chloé porte la robe de mariée de sa grand-mère dans laquelle elle a mis quelques savants coups de ciseau et ajouté quelques galons colorés. La robe a une sorte de « modernité ancienne » difficile à définir. Quant à Célia, elle a revêtu un tailleur bleu à la jupe évasée qu'elle portait quand elle était cadre supérieur. Un beau couple, aurait pu écrire le correspondant local si sa femme, une catholique pur jus, l'avait autorisé à couvrir l'événement. La fête se termine par un banquet champêtre dans la cour de la ferme, avec un peu de musique, un peu de vin, beaucoup de bonne humeur et de désinvolture. Hubert et Gérard passent féliciter les mariées, les bras chargés de bonnes bouteilles. Ils sont accompagnés d'amis qui n'ont pas voulu aller à la mairie. Il faut dire que le maire est devenu l'homme le plus haï de la commune… Mais bizarrement, alors que, toute sa vie durant, l'édile a porté le poids des soucis de ses administrés avec une tête de cocker abandonné, il semble désormais serein et complètement détaché de la rancœur qu'il suscite. Gérard ne porte plus le courrier à la mairie, les parents d'élèves manifestent tous les samedis devant les scellés administratifs de la porte de l'école, Ducasse court de maison en maison pour faire signer des pétitions contre lui, l'instituteur téléphone chaque jour à son syndicat sans jamais omettre de dire ce qu'il pense du fasciste de Miredon…

Dans les semaines qui suivent le mariage, il apparaît clairement que la prochaine vacance de la mairie attise les convoitises. Des réunions secrètes se tiennent le soir. L'opposition se rassemble, elle affiche son désaccord avec l'équipe municipale, distribue quelques tracts. Tous sont d'accord pour manifester avec fermeté leur mécontentement et clamer la nécessité d'un renouveau. Un nouvel élan pour Miredon ! Au-delà du slogan, il faut expliquer aux citoyens ce qu'on compte faire, donner des exemples concrets, et aussi trouver un leader… et là, c'est autrement plus compliqué. Bref, on commence à dire du mal, à se déchirer, à s'entendre sur le dos du voisin, à essayer d'avoir une majorité. Des alliances se nouent. Ducasse courtise la belle-fille Bajolle. L'instituteur promet d'apporter les voix de gauche à l'adjoint si ce dernier rend constructible le lopin de terre dont il ne sait plus que faire. La vraie politique quoi !

Les plus contents, outre Chloé et Célia, sont les chèvres et Mamadou. Les chèvres parce qu'elles vont librement dans les bois communaux où il y a à manger pour des années, et Mamadou parce qu'il a obtenu des heures de ménage à la mairie, suite à la démission de la titulaire qui a voulu, par ce geste fort, manifester son soutien à Hubert avec qui elle fricote de temps en temps.

Le grand-père profite de la situation, de la joie retrouvée de Chloé, de la bonne entente des jeunes mariées qui le dorlotent comme jamais. Le matin, il va au bar sentir l'ambiance du village, écouter les rumeurs et les intentions, et l'après-midi vers dix-huit heures, il boit l'apéro chez lui avec le maire. Parfois Jacqueline se joint à eux et leur rapporte les manigances des uns et des autres, et aussi les ruses que ces trublions imaginent pour lui soutirer des informations sur les listes électorales. Les deux compères rigolent, mais Jacqueline ne décolère pas. Elle ne supporte plus les belles et généreuses déclarations qui masquent les bassesses et les cupidités en tout genre. Si elle était agrégée de philosophie, elle dirait que le langage est la vraie tartufferie de notre époque, que le fossé entre le discours et la réalité n'a jamais été aussi grand, que la communication et la publicité, autant que la politique et le goût de l'argent, pervertissent la société… Mais Jacqueline n'a qu'une capacité en droit, et elle dit simplement : « Là, on va dans le mur ! »

Un soir du mois suivant, le grand-père dit au maire : « Ils vont faire une réunion publique…

– Je sais, ils m'ont demandé l'autorisation d'utiliser le foyer…

– Tu leur as donné ?

– Évidemment ! Je ne voudrais pas rater une belle occasion de les voir s'écharper en public.

– Tu vas y aller ?

– Et comment que je vais y aller ! Et toi tu vas venir avec moi ! »

Chloé les regarde rire comme des gamins et se demande pourquoi.

Chapitre 28

Panique au foyer municipal

Le foyer est éclairé. Il jouxte l'école hélas fermée. Quelques villageois passent devant la mairie en haussant les épaules, d'autres en fronçant les sourcils de colère, d'autres encore en levant un poing vengeur : tous rejoignent la réunion de l'opposition. Ils ne sont cependant pas très nombreux. Une petite quarantaine pour dix orateurs à la table de la tribune où un tapis vert a été mis pour donner un peu de solennité. Le maire et le grand-père sont au dernier rang. Chloé et Célia sont restées à la maison pour faire leur premier enfant. Enfin, les papiers pour leur premier enfant.

La réunion débute par un rapide tour de table où chaque orateur explique les raisons de sa présence. Puis l'instituteur prend la parole et dénonce, avec virulence, la manière inique dont la mairie est gérée. Hubert poursuit avec un couplet sur la liberté bafouée. Ducasse embraye sur le thème de la sécurité et de la tranquillité, l'adjoint sur la nécessité d'aider le quatrième âge, le notaire sur les valeurs morales qui permettent à une société de se tenir, la belle-fille Bajolle désigne les immigrés qui viennent manger la soupe de nos animaux, quant à Gérard, il fait un bel éloge du service public qu'il faut développer. L'ami de Tariq en profite pour dire que l'islam est favorable aux services publics, à La Poste et à la SNCF notamment, pour l'école publique on ne sait pas… Bref ça part dans tous les sens et ça promet de l'argent à tout le monde. Aucune catégorie de villageois n'est oubliée.

Quand la parole est enfin donnée à la salle pour le traditionnel jeu de questions-réponses, Jacqueline n'y tient plus et se lève :

« C'est bien joli vos promesses, mais quel argent allez-vous distribuer ? Il n'y a pas d'argent.

– Quand vous voulez, vous savez le trouver ! » réplique Gérard.

Jacqueline se tait, et le cours des plaintes s'amplifie. Chacun y va de la sienne, chacun termine en tendant sa sébile. La tribune dit qu'elle comprend la situation, que la demande est légitime, et qu'il faut évidemment apporter une réponse favorable. L'ennui, c'est que les propositions se contredisent parfois. Heureusement que personne n'écoute vraiment. D'ailleurs trois ou quatre personnes se sont déjà défilées. Il faut que ce soit encore Jacqueline qui l'ouvre :

« Mais qu'est-ce que vous voulez à la fin ? Vous êtes pour ou contre la chasse ? Vous êtes pour ou contre le muezzin ?

– Ça va Jacqueline ! N'essaie pas de jeter le trouble, notre programme est très clair !

– Jacqueline, tu n'es qu'une sale réactionnaire ! dit l'instituteur en pointant son doigt vers elle. Un suppôt de la majorité qui essaie de discréditer nos justes revendications.

– Il n'empêche que je suis contre la chasse, lance la belle-fille des Bajolle.

– Je ne suis pas réactionnaire ! crie Jacqueline. Mon père était résistant et c'était bien le seul du village.

– La Fédération de la chasse est une "Association de protection de la nature", elle a le label officiel et les chasseurs sont les premiers écologistes de France ! Ne l'oubliez pas ! »

À partir de là, il devient très difficile de faire un compte rendu objectif de la réunion, car les noms d'oiseaux se mettent à fuser, et les spectateurs présents ne sont pas les derniers à utiliser les volatiles pour défendre leur point de vue. Seul le maire et le grand-père se taisent, ils se mordent les joues pour ne pas éclater de rire.

Chapitre 29

Mamadou

Une quinzaine de minutes après le début de la discussion, alors que les insultes continuent de fuser, le lourd tapis vert de la longue table de la tribune se met soudain à bouger seul, sur le bord du côté droit où personne ne s'est assis. Cette ondulation impromptue jette le trouble dans l'assistance. La discussion cesse et tous regardent, fascinés, sortir à quatre pattes de sous la table, puis se déplier, le mètre quatre-vingt-dix de Mamadou. La surprise est totale. Très vite, les sourcils se froncent. Certains s'apprêtent déjà à crier à l'espionnage, mais Mamadou ne se démonte pas : il regarde l'assistance, sourit de toutes ses dents et prend la parole.

MAMADOU

Veuillez me pardonner cette sotte intrusion
Je m'étais endormi sans y faire attention.
Ainsi sans le vouloir, j'ai surpris vos débats
Qui ont causé en moi un curieux branle-bas.

On se regarde médusé. L'instituteur, qui s'était improvisé maître de séance, n'est pas le moins étonné. Il cligne des yeux, remet ses lunettes cerclées et attend la suite avec curiosité.

MAMADOU

J'aimerais vous confier quelques douces paroles
Qui pourront certainement chez vous faire école.

L'INSTITUTEUR, *finalement très content de cette diversion dans un débat qui tournait à la foire d'empoigne.*

Oui, bien sûr, dis-nous à quoi tu as pensé, nous t'écoutons.

MAMADOU

Je vous ai écoutés et j'ai pu déceler
À quel point vous aimez et vous plaindre et râler.
Toujours vous espérez recevoir davantage
Si bien que vos jérémiades tournent au radotage
Et qu'au lieu de jouir de vos grands avantages
Vous finissez toujours par en prendre quelque ombrage.

L'ADJOINT, *à son voisin.*

Putain, comment y parle lui !

PULL-VIOLET, *avec une moue quelque peu méprisante.*

Ça se voit qu'il est pas d'ici…

MAMADOU

Pourtant vous avez tout quand tant d'autres n'ont rien.
Vous vous couchez le soir sans éprouver la faim,

Un docteur vous soigne quand vous êtes souffrants
Et toujours vous avez de bons médicaments.
L'eau potable jaillit jusque dans vos logis,
Vos ordures quittent vos allées par magie.

Les yeux s'écarquillent. Plusieurs baissent la tête, la majorité fronce les sourcils. Les plus rudes se demandent où ce métèque veut en venir. Mais Mamadou est lancé et se moque bien des grimaces des gens attablés qui sont dans son dos.

MAMADOU

Vous pouvez voyager dans toutes les nations
Sans justification, ni autorisation.
Vous pouvez exprimer en toutes occasions
Le fond de vos pensées sans risquer la prison,
Vous pouvez même croire au Dieu de votre choix
Sans être emprisonnés par des esprits étroits.
Pourtant de chaque chose, toujours vous vous plaignez
Et ce que vous avez, jamais ne semble assez.

Les visages de l'instituteur et de Paul Ducasse sont tendus.

L'INSTITUTEUR, *franchement agacé par ce donneur de leçons.*

Il est légitime de vouloir améliorer notre sort et de lutter contre les injustices.

GÉRARD, *lyrique.*

C'est parce que nous nous sommes vaillamment battus que nous avons ce que nous avons…

DUCASSE

Et ce que nous avons, nous l'avons bien mérité.

L'ADJOINT, *avec amertume.*

Et c'est pour ça qu'on n'est pas restés sous-développés comme vous.

MAMADOU

Oui, vous avez raison, mais vous pourriez aussi
Avec aménité remercier la vie,
Souhaiter un monde plus sincère et meilleur
Sans briguer pour autant un éden enchanteur.
Vous devriez apprécier les belles avancées
Et ne point dénigrer les progrès nuancés.
Et aussi accepter de n'être point servis
Tels des seigneurs pressés et jamais assouvis.

C'en est trop, la salle réagit avec des « Retourne chez toi » et des « Casse-toi ! » de bon aloi. L'instituteur n'essaie pas de contenir la vindicte.

MAMADOU, *haussant la voix tout en gardant ce large sourire qui finit par exaspérer.*

Vous scrutez sans arrêt les plus riches que vous,
Quand vous devriez plutôt regarder en dessous
Ceux qui loin de chez vous demeurent sans aisance,
Vous comprendriez ainsi quelle est votre chance.
Vous jalousez Bill Gates, sans penser un instant
Que vous êtes Bill Gates pour des millions de gens.

Je vous ai parlé droit, et sans tartufferie…
Puissent ces clairs propos éclairer vos esprits.

Les derniers mots de Mamadou sont couverts par les cris outragés, il quitte la scène et se dirige vers la sortie d'un pas indolent, dans un concert de sifflets et d'insultes.

MAMADOU, *murmurant.*

Je ne suis pas certain qu'ils m'aient vraiment compris.

Chapitre 30

Épilogue

Trois ans plus tard, la ferme de La Fage se porte bien. Elle navigue, comme une chaloupe dans l'océan, entre belles accalmies et jours de tempête. Ainsi va la vie des chaloupes et des petites fermes.

Célia et Chloé ont eu une petite fille qu'elles ont appelée Camille. Une petite qui ravit le grand-père ! Ce dernier a abandonné la lutte et s'est reconverti avec succès en nounou. Il s'étonne lui-même de s'émerveiller devant ce petit braillard. Cette petite braillarde pardon !

Paul Ducasse est mort, dans son lit, d'une belle mort. Un matin il ne s'est pas réveillé, tout simplement. Peut-être que trop de silence tue, a murmuré le docteur. Sa femme a cru bon d'ajouter : « C'est finalement une mort bien méritée. »

Le maire s'est mis en faillite et, grâce aux conseils avisés de Célia, il a réussi à sauver sa maison et la moitié de ses terres. Aujourd'hui, il travaille en étroite collaboration et réelle amitié avec la ferme de La Fage.

Gérard a rejoint Pondeville où il vient de mener une lutte victorieuse contre le démantèlement du centre de tri local. Il approche d'une retraite autant désirée que redoutée. Il s'est fâché avec son ami l'instituteur au sujet des questions d'immigration. Ce dernier a quitté l'enseignement, il est maintenant cadre salarié d'un parti politique de gauche. Il espère pouvoir être candidat et peut-être un jour député.

Bernard de La Rozière n'est plus revenu à Miredon, mais on a appris qu'il avait réussi à placer son concept dans une commune de Bretagne qui a maintenant un lot de maisons vides sur les bras, et divers procès en cours.

Les vieux Bajolle sont morts. Une enquête pour maltraitance a été ouverte contre son fils et sa belle-fille qui continue à porter haut la cause végane. Rien ne dit encore s'ils vont être inculpés.

L'adjoint au maire est devenu maire, ce qu'il regrette amèrement, car il n'a que des gens qui se plaignent et n'hésitent pas à venir le trouver chez lui pour lui démontrer combien leur cas est particulier et intéressant. Jacqueline a quitté son poste et dit à qui veut l'entendre que le nouveau maire est un vrai imbécile. Qu'il aurait même mieux valu Pull-violet que ce blaireau arrogant !

Bilal a trouvé du travail dans une coopérative agricole. Il a passé un brevet d'animateur, ce qui lui permet d'encadrer des gosses du quartier des HLM le mercredi après-midi. Il a abandonné le djihad, et aussi la mosquée parce que la mosquée sans djihad c'est moins rigolo.

Mamadou a poursuivi sa route, il serait du côté de Pézenas où il aurait trouvé un emploi dans le tourisme local. Il se murmure qu'il fait visiter la cité de Molière et que son étrange façon de parler lui assurerait de larges pourboires.

Le soir, quand Chloé parfois se plaint à la veillée, Célia lui dit toujours en souriant :

« Il faut bien vivre avec les Tartuffes, si on ne veut pas finir Misanthrope ! »

Table

Imprimé à Barcelone par:
BLACK PRINT

Cet ouvrage a été mis en pages par

<pixellence>

N° d'édition : L.01EHRN000608.N001
Dépôt légal : juin 2019